綠野仙蹤

The Wonderful Wizard of Oz

奧茲王國驚奇尋夢之旅

目錄

孩子的成長之旅——童話小說《綠野仙蹤》推薦文

黃愛真（台南市智慧森林兒童閱讀文化學會總幹事、教育部閱讀推手、光禾華德福國中部教師、高雄市立一甲國中閱讀教師）

《綠野仙蹤》（The Wonderful Wizard of Oz）是一部寫給孩子的童話合輯。《綠野仙蹤》自一九〇〇年出版後，受到美國極大的歡迎，陸續產生以奧茲國為中心的完整系列故事。除了原作者法蘭克・包姆，還有其他的作者也加入寫作奧茲國故事的陣容。《綠野仙蹤》和其他奧茲國系列故事，都曾被改編為電影、電視、戲劇、影音等產品，以及延伸出相關的文創商品，如玩具、遊戲、服裝；就連奧茲粉絲也擁有其專屬的俱樂部。

奧茲國系列的《綠野仙蹤》，主要講述住在美國堪薩斯的桃樂絲、黑狗托托與叔叔、嬸嬸組織的家庭，因為同時到來的雙龍捲風，而將桃樂絲與托托連同房屋一起帶離了堪薩斯，最終降落至奧茲國的土地。奧茲國由東、西方壞女巫和南、北方好女巫統治的四個小國家，以及奧茲大王的翡翠城組成。桃樂絲與托托在尋找家園的路途中，遇到了想要得到頭腦的稻草人、想要一

顆心的錫樵夫，和想要有勇氣的膽小獅子。他們一起向翡翠城出發，實現自己的願望，並由善良的南方女巫幫助桃樂絲和托托回到故鄉，與叔叔、嬸嬸相聚。

從童話角度書寫的小說

每當桃樂絲一群人在半途中遭遇挫折時，稻草人就會說：「那麼我就得不到腦袋了！」、膽小的獅子會說：「我也得不到勇氣了！」、錫樵夫會說：「我也得不到心了！」、桃樂絲會跟著附和：「我就永遠無法回到堪薩斯了！」。桃樂絲一行人不斷地重複著這些對話，相當類似低年級孩子熟悉的循環式結構語句。重複性語句的目的是為了讓孩子可以預測故事的發展，因而享受閱讀樂趣，並從重複語句中學習語言與句子的應用。

其次，年幼孩子的故事還有一些特徵，例如抽象概念的具體化：錫樵夫需要愛，就給他一顆心臟、獅子需要勇氣，便提供勇氣之水，將抽象的思維用具體的物質來說明或者替代；童話故事經常出現的神奇數字「三」：金帽子的三個願望、桃樂絲在路上遇見三位好夥伴；以魔法世界的角度來看待種種無法解釋的奇幻現象；以及當桃樂絲抵達奧茲國時，奧茲國民與桃樂絲接近的身高等，這些無不暗示孩子習慣或喜歡的世界和詞彙，並且提醒了我們，故事中的大人以孩子的高度來與他們相處和對話。

似乎殘缺的男性角色

進入奧茲國後，透過桃樂絲，我們可以看到各種有趣的主要人物。路上遇見的男性角色如稻草人、錫樵夫、獅子等三位夥伴，都是認為自己有所殘缺而與桃樂絲同行。好不容易完成奧茲大王交代的任務後，竟發現那位強大的魔法師原來是個用雜技取代魔法的大騙子。以小孩的角度而言，一九〇〇年代，美國仍是以母親來擔任主要的育兒角色，而男性負責外出工作，因此對於父親形象的認知，仍有稍許模糊而導致殘缺的暗示。

其實，若排除表面上的殘缺而再更深入地探究，可以發現書中男性還是具有完滿能力的能者。例如，稻草人想要一顆腦袋，因為他需要思考，但是團體每次遇險，都是由稻草人先想出有效解決問題的方法，再指揮大家團結一致，度過難關；需要勇氣的膽小獅子，在故事裡遇到野獸、壕溝等困難時，是他的吼叫聲嚇跑了敵人，並一一背著夥伴越過危險的地勢；想要愛而尋找心臟的錫樵夫，其實是團隊裡最富有同情心的夥伴，他只要不小心踩到小蟲

子，就會流下眼淚，害得身體生鏽，更在獅子打算獵鹿維生時，大力反對，是一位珍惜生命、扶持弱小的「有心」人；年長的奧茲大王，則靠著自己的智慧與普通人的能力，如同上帝一般給予了稻草人象徵性的頭腦、錫樵夫的心臟、膽小獅子的勇氣，並把自己送回了故鄉。

這些尋找自我的男性，某方面也可以象徵女性的內在，同時擁有女性與男性自我的殘缺，需要透過成長歷程來補足或者更了解自我？這是另一種心理學觀點的想像。

魔法的女性角色

相反的，書中以女孩作為主角，奧茲國更住著四位魔法高超的女巫，並擁有各式各樣的魔法道具，實在像極了我們小時候對萬能母親的幻想：無所不會的母親就像是擁有各種神奇道具的魔法女性，而媽媽與子女過於親密的關係，在孩子心中也形成母愛的善與窒息般的惡。桃樂絲跟著房子來到奧茲國，並在一開始就壓死了東方壞女巫，穿走了她的魔法鞋：莫名其妙地壓死壞女巫並得到奧茲國民的肯定，是一種荒謬的巧合；穿上東方壞女巫的鞋子似乎代表一種對於令人感到窒息的母親的傳承，同時又接受了北方好女巫——

好媽媽在額頭上留下一吻。故事一開場，小女孩就進入了母親的兩種投射：好的母親內攝、壞的母親死亡。尋找回家的路途雖然才剛開始，卻能夠讓孩子充滿了輕鬆的感受。

奧茲大王要求除去西方壞女巫，桃樂絲用水潑向壞巫婆而讓她死亡。至於「水」為什麼能產生如此強大的力量，或許要和法蘭克·包姆隨後在奧茲國系列故事裡創造的「遺忘之河」（Water of Oblivion）一起思考。法蘭克·包姆在奧茲國皇宮的花園裡創造了一座禁止山（Forbidden Fountain）與水池，只要喝下水池中的水，就會產生立即的遺忘，是奧茲國裡最危險的事物。關於「水」的故事可以溯及到希臘神話的忘川（Lethe），以及歐洲民間傳說與神話的融合。「水」在西方有多種意涵，可以是生之水，如奶水，也可以是死亡之水。希臘神話中的冥府有五條河：忘川、悔恨之河、苦難之河、悲嘆之河和熔岩之河。這些「水」和內在潛意識的死亡驅力有所連結。或許可以就此推論為什麼「水」的力量可以導致西方壞女巫的死亡。

最後，桃樂絲則透過擁有好媽媽形象的南方好女巫，指引她回家的路。

孩子的成長之旅

桃樂絲原來在堪薩斯的家，從生活環境到叔叔、嬸嬸的外表，都是灰撲撲且死氣沉沉的顏色，而龍捲風是她進入另一個繽紛國度的重要門檻：通往綠色翡翠城的黃磚小徑、藍色的夢奇金國和紅色的奎德林國。路上遇到同行的朋友一起走向冒險的旅程，任務完成後，再透過女巫的銀鞋子（另一個通道或者門檻），回到堪薩斯的家。此時，出現在眼前的嬸嬸家已經和龍捲風來臨前的大不相同了。或許如安娜・佛洛伊德所說，年幼孩子透過白日夢幻想，能夠度過周遭不愉快的環境。如同深深地投入閱讀，書中的世界猶如一場豪華繽紛的白日夢，孩子在閱讀的同時重整自己，並充滿自信地回到現實生活，以嶄新的心態面對所有的困境。

參考資料

* 河合隼雄著作，心靈工坊出版。
* The Wonderful Wizard of Oz Website,http://thewizardofoz.info/wiki/Main_Page
https://oz.fandom.com/wiki/Water_of_Oblivion

第一章　誤墜未知國度

桃樂絲與務農的亨利叔叔和他的妻子艾瑪嬸嬸，一起住在堪薩斯大草原。由於興建房子的木材需要從非常遙遠的地方搬運過來，因此他們的房子只是一間小小的木屋。家徒四壁的簡陋小屋裡，只有一個生鏽的烹調鍋爐、一個櫥櫃、一張桌子、四把椅子和兩張床。亨利叔叔和艾瑪嬸嬸的大床占據了屋內的一角，桃樂絲的小床則擺放在另一個角落。

這間木屋沒有閣樓，也沒有地窖，僅有一個深掘在地底的小洞。這個是人們俗稱用來躲避龍捲風的防風窖。房屋中央的地板有個暗門，走下樓梯就可以通往狹窄、陰暗的防風窖。

從桃樂絲的家門前望出去，盡是一大片無垠的灰色草原。一望無盡的大草原上沒有一棵樹或一棟房屋，只有綿延的草原延伸至遙遠的天際線。炙熱的太陽將

大地烤得焦灰，鮮綠的草原在太陽無情的曝晒下，也變成一片灰褐色。桃樂絲居住的那間小屋曾粉刷過，但經過長時間的日晒雨淋後，如今已和周遭的景物一樣變成死氣沉沉的灰色了。

艾瑪嬸嬸剛搬來這裡的時候，還是個漂亮的少婦。可是，她的容貌也躲不過酷日與狂風的摧殘。如今她眼中閃耀的光芒不再，臉頰和嘴唇也毫無血色，簡直是槁木死灰。至於亨利叔叔，桃樂絲從沒看他笑過。他每天從早上就開始工作，直到半夜才回家，根本不知道快樂為何物。他從臉上的長鬚到腳上的爛皮靴也都是灰色的，沉默寡言的他，讓人覺得嚴肅又古板。

這裡只有小狗托托能使桃樂絲感到快樂，讓她的生活不會像其他事物一樣變得黯淡無光。托托不是灰色的，牠是隻黑色的小狗。牠有著柔順的黑色長毛、小而黑的雙眼和靈巧的鼻子。桃樂絲成天和托托一同玩耍，十分寶貝牠。

今天，桃樂絲和托托一反常態，不但沒有玩耍，還非常安靜。亨利叔叔坐在門階上，焦慮地看著比往常更灰暗的天空。桃樂絲站在門口，手裡抱著托托，和亨利叔叔一樣抬頭望著天空。艾瑪嬸嬸則在廚房裡洗碗。

突然，一陣狂風的怒吼從遙遠的北方傳來。亨利叔叔和桃樂絲看見長長的草叢被強風吹拂，猶如海浪般不停搖動。這時，南方也傳來了一陣尖銳的呼嘯聲。

亨利叔叔突然站起身，對著太太大喊：「艾瑪，龍捲風要來了，我去看看牲畜！」接著，立刻跑向飼養著牛群與馬兒的草棚。

艾瑪嬸嬸丟下手邊的工作，匆匆跑到門口。她才瞄了一眼，就知道危險要來臨了。她尖聲叫道：「快！桃樂絲，快到防風窖裡去！」

托托嚇得從桃樂絲的懷抱中掙脫，躲在床底下。桃樂絲追過去，想要把牠抓回來。嚇壞了的艾瑪嬸嬸掀開地板的暗門，順著樓梯躲進了幽暗的地洞。桃樂絲好不容易抓到了托托，想跟著嬸嬸躲進地洞。正當她跑到房子的中央時，忽然傳來一陣強風的呼嘯。屋子劇烈搖晃，桃樂絲一個站不穩，跌坐在地。

接著，發生了一件奇怪的事。

房子旋轉了兩、三圈後，竟然慢慢地飛到了半空中。桃樂絲覺得自己就像是在坐熱氣球一樣。

原來，來自南方和北方的龍捲風，恰好在房子坐落的地方相遇。龍捲風中心的空氣是靜止的，但是周遭強風的壓力卻把房子愈抬愈高，直到龍捲風的最頂端。然後龍捲風彷彿吹羽毛般，輕鬆地將桃樂絲的家搬到好遠、好遠的地方。

雖然桃樂絲的四周一片黑暗，強風也依舊呼嘯不已，但是她卻覺得讓龍捲風這樣載著也挺不錯的。房子偶爾會在氣流打轉時跟著顛簸，這時，桃樂絲覺得自己就像是個坐在搖籃裡的小嬰兒。不過，托托不喜歡這種情況。牠在屋子裡跑來跑去，

不停吠叫。

時間一分一秒地流逝，桃樂絲也逐漸克服了內心的恐懼。她開始感到無聊，四周震耳欲聾的風聲讓她聽不見其他聲音。起初，她還擔心房子會掉落到地面，害自己摔得粉身碎骨。但是過了很久，什麼事情也沒發生。於是，她決定保持冷靜，看看最後會發生什麼事。她爬到床上躺了下來，托托也跟著爬到她的身邊躺下。儘管房子不停晃動，狂風依舊在咆哮，桃樂絲卻閉上雙眼，沉沉地睡著了。

忽然，一陣劇烈的搖晃震醒了桃樂絲。她屏住呼吸，觀察四周。托托也嚇得躲進她的懷裡，低聲哀鳴。

過了一會兒，桃樂絲坐起身，發現房子已經停下來不再搖晃了。耀眼的陽光從窗戶照射進來，屋裡變得明亮。她跳下床去開門，托托緊跟在她腳邊。當桃樂絲打開大門後，立刻就被眼前美麗的景色給吸引了。

原來，房子被龍捲風吹到了一個美麗的國度。隨處可見枝葉茂密的大樹、嬌豔欲滴的鮮花，以及漂亮又罕見的鳥兒在樹叢間唱歌。不遠處，有一條清澈的小溪。對於一個長久居住在灰色大草原的小女孩而言，潺潺流動的溪水聲彷彿歌聲般悅耳動聽。

當桃樂絲癡癡地欣賞著這片美麗的景色時，一群古怪的人們迎面朝她走來。他們的身高與桃樂絲平常見到的成人不同，但也不是特別嬌小。其實，他們的個頭和桃樂絲差不多，年紀卻比她大了許多。

這群人中有三位男士和一位女士，他們都穿著奇怪的服飾。每個人都戴著一頂圓帽，尖尖的帽頂足足有一呎高，帽沿還鑲滿了叮噹作響的小鈴鐺。男士們都戴著藍色的帽子，只有那位女士戴了一頂白色的帽子。她身穿一襲鑲滿小星星的白色長袍，那些星星在陽光下就像鑽石般閃閃動人。男人們則穿著和帽子相同色調的藍色長袍，腳上是擦得亮晶晶且上方反摺的靴子。桃樂絲覺得這些男士的年紀應該和亨利叔叔差不多，因為他們都有長長的鬍子。不過，那位嬌小的女士看起來比所有人都來得蒼老。她的臉上布滿皺紋，滿頭白髮，而且步履蹣跚。

這群人朝著桃樂絲走去，卻在距離幾步之遙之處停了下來。他們交頭接耳、

竊竊私語，似乎不敢繼續前進。不過，那位老太太卻走向前，對桃樂絲深深一鞠躬，並用溫柔的聲音說道：「偉大的魔法師，歡迎來到夢奇金王國！我們非常感謝您殺死了邪惡的東方女巫，讓大家重獲自由。」

桃樂絲聽得一頭霧水，她不明白為什麼老婆婆稱她為魔法師，還說她殺死了邪惡的東方女巫。桃樂絲只不過是一個被龍捲風吹來這裡的可憐小女孩，她這輩子從來沒有殘害過任何一條生命。

不過顯然地，這位老太太正在等待桃樂絲的回覆，於是，她結結巴巴地說：「您好，我想您可能是哪裡弄錯了，我並沒有殺害任何人。」

「是你的房子替我們除去了壞巫婆，你看！」老婆婆一邊大笑，一邊指著房子的一角繼續說：「被房子壓在下面的正是壞女巫，她的兩隻腳還在木屋下抖動著呢！」

桃樂絲順著她手指的方向一看，嚇了一跳。房子底下的確壓著一個人，而且那個人的腳上還穿著一雙銀色的鞋子。

「噢，我的天啊！」桃樂絲緊握著雙手，難過的說：「一定是房子掉下來的時候，不小心壓在了她的身上。我們該怎麼辦才好？」

「放心，你什麼都不必做。」老婆婆冷靜地回答。

「不過，這個人到底是誰？」桃樂絲問。

「我方才說過，她就是邪惡的東方女巫呀！」老婆婆回答：「她奴役了夢奇金人許多年，日日夜夜逼迫百姓為她服務。如今她死了，百姓們也終於恢復了自由，這全部都是你的功勞！」

「夢奇金人是誰？」桃樂絲問。

「他們住在這片東方的土地上，是由東方女巫統治的人民。」

「那麼您是夢奇金人嗎？」

「不，我來自北方，是和夢奇金人十分要好的北方女巫。當他們看到東方女巫被壓死後，急忙派人把這個消息告訴我，所以我馬上就趕來了。」

桃樂絲驚呼：「噢，天啊！您真的是個巫婆嗎？」

「沒錯。」老婆婆回答：「不過，我是一位好女巫，所有人都很喜歡我。可惜我的法力不像東方女巫那樣強大，不然我就可以親自解救他們了。」

「我還以為所有的巫婆都很壞心呢！」桃樂絲說。其實，站在一位巫婆面前令她感到有些恐懼。

「噢，那你可就錯了！奧茲國境內住著四位女巫，住在南方和北方的是好女巫，而住在東方和西方的則是壞女巫。如今你已經殺死了其中一位，所以奧茲國只剩下一位住在西方的壞女巫了。」

「可是，艾瑪嬸嬸告訴我，所有的巫婆在很久以前就全部死光光了。」

「誰是艾瑪嬸嬸？」老巫婆疑惑地問。

「她是我住在堪薩斯的嬸嬸，我就是從那裡來的。」

北方女巫思考了一會兒後，對著桃樂絲說：「我從未聽說過堪薩斯，不過，那裡是不是一個文明的地方呢？」

「是的！」

「那就對了。文明的世界裡不會有巫婆或魔法師，但是你瞧，奧茲國並不是一個文明的地方，因為我們一直與外面的世界隔絕，所以這裡才保留了許多巫婆和魔法師。」

「誰是魔法師呀？」

「奧茲大王就是最偉大的魔法師！」老巫婆回答，她還告訴桃樂絲：「這位魔法師的力量遠遠超過我們四位女巫加起來的魔力。他就住在翡翠城裡。」

桃樂絲還想問別的問題，可是，原本安靜站在一旁的夢奇金人突然大聲喊叫，還用手指著原本壞女巫躺著的位置。

「發生了什麼事？」老巫婆問道。她望了牆角一眼，然後大笑了起來。原來，壞巫婆的雙腳竟然消失不見了，只剩下那雙銀色的鞋子。

「壞巫婆的年紀太大，所以她一受到日晒就融化了。這是她的報應。現在，這雙銀色鞋子屬於你了，你應該穿上它們。」北方女巫撿起那雙鞋子，拍掉上面的灰塵，遞給桃樂絲。

「那可是東方女巫最珍貴的寶物啊！」其中一位夢奇金人說：「據說這雙鞋子擁有特別的法力，但是沒有人知道究竟是何種魔法。」

桃樂絲把鞋子拿進屋裡，將它們放在桌上。接著，她走出來對夢奇金人說：「我想趕緊回家看看叔叔與嬸嬸，他們現在一定十分擔心我。你們能幫我找到回家的路嗎？」

夢奇金人和老巫婆個個面面相覷，他們看著桃樂絲，無奈地搖搖頭。

一個夢奇金人忽然開口：「離這裡不遠的東方有一片大沙漠，從來沒有人能夠活著橫越它。」

「南方的邊境也是一大片沙漠，因為我曾經去過那裡。」另外一個接著說：「南方就是奎德琳國。」

「我曾聽說，西方也是一樣的。」第三個人接著說：「威基國由壞心的西方女巫統治，如果有人想要穿越她的領土，就會被她抓起來當奴隸。」

「至於我的家就在北方，」老巫婆說：「如同奧茲國的其他地方，它的邊界也圍繞著沙漠。可憐的小女孩，你恐怕得和我們住在一起了。」

桃樂絲聽完後傷心地哭了起來，她覺得自己一個人在這裡好寂寞。她的淚水讓善良的夢奇金人也感到悲傷，忍不住拿著手帕拭淚。老巫婆見狀，趕緊拿下帽子，並將帽頂放在自己的鼻頭上，讓它保持平衡。接著，她嚴肅地數著：「一、二、三！」

突然間，帽子立刻變成了一塊石板，上面還用粉筆寫著：「讓桃樂絲到翡翠城去。」

老巫婆從鼻子取下石板，朗讀上面的句子後，問桃樂絲：「小朋友，你的名字是桃樂絲嗎？」

「是的。」

「那麼，你得去一趟翡翠城了。或許奧茲大王可以幫助你。」

「奧茲大王是個好人嗎？」桃樂絲問。

「他是位好魔法師。可是我無法告訴你他是不是好人，因為我從未見過他。」

「我要如何找到翡翠城呢？」桃樂絲又問。

「你必須步行前往。這是個漫長的旅途，有的地方明媚宜人，有的地方卻陰森恐怖。不過，我會給妳我的吻。任何人都不敢欺負被北方女巫親吻過的人。」

老巫婆說完後走近桃樂絲，輕輕地吻了一下她的額頭。後來，桃樂絲才發現被老巫婆吻過的地方，留下了一個圓型且閃閃發光的印記。

「通往翡翠城的路鋪滿了黃色磚塊，所以你一定可以找得到。你見到奧茲大王後不要害怕，把你的故事告訴他並請求幫助就行了。再見了，小姑娘。」

語畢，老巫婆向桃樂絲點了點頭，用左腳跟轉了三圈後，立刻消失得無影無蹤。隨後，夢奇金人也向桃樂絲深深地一鞠躬，穿越樹林離開了。

第二章　搭救夥伴

夢奇金人和老巫婆離開後，桃樂絲馬上回到屋內整理行李。桃樂絲的衣服不多，一件洗好的藍白格紋洋裝恰好就掛在她的床邊。她換上乾淨的洋裝後，拿了一個小籃子，並在裡面塞滿了麵包，然後用一條紅色的布蓋在上面。最後，當桃樂絲低下頭時，她發現腳上的鞋子已經破舊不堪了。

「托托，這雙鞋子可經不起長途跋涉了呀！」她對著托托說。

這時，桃樂絲看見桌上擺著原本屬於東方女巫的銀色鞋子。

「不知道我能不能穿得下這雙鞋子，」桃樂絲對托托說：「這種鞋子不容易磨損，很適合長途跋涉。」

於是，桃樂絲脫下舊皮鞋，並穿上那雙銀色的鞋子。沒想到，銀鞋子彷彿是為她量身打造的一般，相當合腳。

桃樂絲高興地提起籃子，對托托說：「走吧，托托，我們趕緊去翡翠城找奧茲大王，請他幫助我們回到堪薩斯吧！」

她關上門，鎖好之後，小心地將鑰匙放進口袋。雖然附近有好幾條路，但是桃樂絲還是很快就找到了那條通往翡翠城的黃磚小徑。

沿途的景色有如畫一般，讓桃樂絲看得目不轉睛。道路兩旁是整齊的藍色圍籬，而籬笆後面則是一大片的穀物與蔬菜。顯然，夢奇金人十分擅長耕作。他們的房屋造型十分奇特，每間房子都是圓筒形的建築物，就連屋頂也是圓的。而且所有的房子都漆成藍色，因為在東方，藍色是最受歡迎的顏色。

接近傍晚時，桃樂絲覺得有些疲倦了，於是她爬上路旁的籬笆坐了下來。不遠處，有個稻草人佇立在玉米田中。桃樂絲雙手托著下巴，靜靜地看著稻草人。這個稻草人是用一個布袋紮成的，裡頭塞滿了稻草，臉上還畫了眼睛、鼻子和嘴巴。他的頭上戴著和夢奇金人相同款式的帽子，身上穿著褪了色的藍衣服，腳上則穿著一雙破舊的藍靴子。

正當桃樂絲目不轉睛地盯著稻草人看時，她突然發現稻草人居然朝她緩緩地眨了眨眼！起初，她以為自己看錯了，但是過了一會兒，那個稻草人居然又對她點了點頭！於是，桃樂絲從籬笆爬下來，朝稻草人走去，托托則在一旁狂吠。

「你好。」稻草人聲音沙啞地說。

「你會說話？」桃樂絲驚訝地問。

「當然會！可是，我每天都只能站在這裡驅趕烏鴉，日子過得非常無趣。」稻草人無奈地笑了笑。

「難道你不能下來嗎？」桃樂絲問。

「不行，因為有根竹竿插在我的背上。如果你能把我放下來，我會非常感激你的。」

於是，桃樂絲伸出雙手，將稻草人抱了下來。由

於稻草人的身體是用稻草填充的，因此他十分地輕盈。

「真是太感謝你了！我覺得自己好像重獲新生了！」稻草人激動地說。

桃樂絲對於稻草人和自己說話，還一起並肩而行，感到十分不可思議。

「你是誰？你要去哪裡？」稻草人問。

「我是桃樂絲，我要到翡翠城去，請偉大的奧茲送我回到堪薩斯。」

「翡翠城在哪裡？偉大的奧茲又是誰？」稻草人疑惑地問。

「你不知道嗎？」桃樂絲驚訝地反問。

「嗯，我的確什麼也不知道。你瞧，我的身體塞滿了稻草，根本沒有腦袋能讓我思考。」稻草人難過地說。

「噢，我真的很抱歉。」桃樂絲說。

「你覺得偉大的奧茲會願意給我腦袋嗎？」稻草人問。

「我不知道。不過如果你願意，你可以和我一起去找他。就算他不給你大腦，你的情況也不會比現在更糟。」桃樂絲回答。

「這倒也是。你看，我不在乎我的整個身體都是用稻草做成的，因為若是有人不小心踩到我的腳或拿針扎我，我不會因此而受傷。可是，我不希望別人叫我傻瓜。要是我的頭顱裡永遠只有稻草，我要如何了解這個世界呢？」

「我能理解你的痛苦，」桃樂絲說：「如果你願意和我一同前往，我會請奧茲大王盡全力幫助你的。」

「真是太謝謝你了！」稻草人感激地說。

桃樂絲扶著稻草人跨過圍籬，回到黃磚小徑，繼續朝翡翠城前進。走了幾個小時之後，路面開始變得坑坑疤疤，艱困難行。桃樂絲和托托可以順利地避開這些坑洞，稻草人卻只知道直直往前走，所以經常絆倒在地。不過，幸好他感覺不到任何疼痛，只是對於自己的笨拙感到好笑，然後又開心地加入隊伍。

他們走了好久，四周也變得愈來愈荒涼。到了中午，他們走到一條小溪旁，吃點東西補充體力。桃樂絲掀開蓋在籃子上的紅布，拿出一些麵包給稻草人，稻草人卻婉拒了。

「我從來都不會感到飢餓，」他說：「不過，這是一件好事，因為我的嘴巴是畫出來的。如果我想吃東西，就得把嘴巴割開一個洞，這樣稻草就會掉出來，我的頭型就垮了。」

「你說的有道理。」桃樂絲點了點頭，自己吃起了麵包，然後說：「那麼，你可以告訴我你的故事嗎？」

稻草人看了她一眼，痛苦地說：「我是前天才被農夫做好的。他在製作我的頭部時，先為我畫上了耳朵，因此我知道事情發生的經過。當時他的身旁還有另一個夢奇金人，他們正在討論如何繪製我的五官。看著他們為我製作身體和四肢，是件非常有趣的事。最後，等他們將我的頭部也綁好時，我感到十分驕傲，覺得自己就和其他人沒什麼不同。

「接著，農夫們把我帶到玉米田，並且將我插在竹竿上後，就轉身離開了。我不喜歡被放在那裡，所以試著想要跟他們一起走，但是我被插在竹竿上，根本無法動彈。不久之後，許多烏鴉和鳥兒飛到玉米田想偷吃穀物，卻一看見我就全

部飛走了，牠們以為我是真的夢奇金人呢！我感到很高興，覺得自己是個重要的人物。過了一會兒，有一隻老烏鴉飛了過來，牠仔細地凝視著我，然後停在我的肩膀上，對我說：『我不明白那些農夫怎麼會用如此愚蠢的方法來愚弄我，所有的烏鴉都知道你只不過是個稻草人罷了。』

「接著，牠跳到我的腳邊，大膽地吃起穀物。其他鳥兒看到我無力阻止，也紛紛跑來大快朵頤。轉眼間，一群小鳥吱吱喳喳地圍繞在我的身邊。我很難過，因為這表示我不是一個稱職的稻草人。老烏鴉見我心情低落，飛過來安慰我：『別傷心了，如果你有大腦，你就能和別人一樣優秀。不論是人類或烏鴉，頭腦都是這個世界上最值得擁有的東西。』

「烏鴉們離開後，我站在玉米田裡沉思了許久。最後，我下定決心要想辦法得到一顆腦袋。幸運的是，你出現在我的眼前，並將我從竹竿上救了下來。聽了你的話之後，我想只要我們到了翡翠城，偉大的奧茲一定會給我一顆好腦袋的。」

「希望如此！那我們繼續出發吧！」桃樂絲興奮地說。

現在，黃磚小徑的兩旁已經看不見圍籬了，四周雜草叢生，十分荒涼。他們來到了一座森林，這裡的樹木不僅十分高大，枝葉也相當茂盛，因此樹林裡的光線十分微弱。

大約過了一個鐘頭，太陽下山了，森林裡一片漆黑。桃樂絲什麼也看不見，不過，托托和稻草人的視力在黑暗中不受影響。於是，桃樂絲緊抓著稻草人的手臂，勉強繼續走下去。

過沒多久，稻草人看到前方有間小房子，他見桃樂絲累得走不動了，於是提議到那裡過夜。桃樂絲走進屋內後，發現角落裡有張用乾草堆做成的小床。她立刻躺上床就寢，托托也跟著睡在她的身邊。稻草人不需要休息，因此他安靜地站在另一邊的角落，等待黎明的到來。

第二天早上，當桃樂絲醒來時，太陽已高掛在空中。早起的托托已經和屋外的麻雀玩成一片，只有稻草人仍然靜靜地待在角落，耐心地等著桃樂絲醒來。

「我們得出去找水。」桃樂絲對稻草人說。

「為什麼要找水呢？」稻草人問。

「因為我要洗臉，還要在吃麵包時配著喝，這樣才不會因為麵包太乾硬而吞不下去。」

稻草人想了想之後，說：「有血有肉的身體必須睡覺、吃飯和喝水，真是不方便啊！可是，你們擁有一顆好腦袋可以思考，麻煩一些倒也還算值得。」

於是他們離開小木屋，穿越樹林，來到一處泉水湧出的地方。桃樂絲在那裡梳洗、享用早餐。她發現籃子裡的麵包已經所剩無幾了，幸虧稻草人不需要吃東西，不然她和托托就得挨餓了。

吃飽喝足後，桃樂絲一行人繼續沿著黃磚小徑前進。忽然，附近傳來一陣低沉的呻吟聲，把桃樂絲嚇了一大跳。

「那是什麼聲音？」桃樂絲顫抖地問。

「我也不知道，不如我們過去看看吧！」稻草人說。

這時，他們又聽到另一聲哀號，聲音似乎是從背後傳來的。他們掉頭往回走了幾步，桃樂絲發現有樣東西在樹叢裡閃閃發亮，她立刻朝著光芒所在的位置跑去。就在距離目的地僅有幾步之遙時，桃樂絲忽然停了下來，驚叫出聲。

原來，在一棵快要被砍斷的大樹旁，站著一個高舉著斧頭的錫樵夫，他站在那兒一動也不動，看起來似乎無法動彈。桃樂絲和稻草人驚訝地看著他，托托則對著錫樵夫拚命咆哮。

「請問剛才是你在哀號嗎？」桃樂絲問。

「是的。」錫樵夫回答：「我已經喊了一年了，卻沒有任何人聽見我的求救。」

「我能夠為你做些什麼呢？」桃樂絲溫柔地問他，錫樵夫悲傷的語氣讓她非常心疼。

「請幫我拿油壺來，為我的關節上油。我的關節

生鏽了，所以我無法動彈。只要你替我滴點油，我馬上就可以恢復行動力了。油壺就放在我的小木屋裡。」

於是，桃樂絲立刻跑到小木屋，從架子上取下油壺，然後跑回錫樵夫身邊，焦急地問：「要在哪個關節上油呢？」

「先在我的脖子上加點油，然後再替我的手腳上油。」錫樵夫說。

桃樂絲按照他的要求依序上油，稻草人則幫忙轉動關節。最後，錫樵夫滿足地吁了一口氣，把高舉了一年的斧頭輕輕放下。

「真是舒服呀！自從關節生鏽之後，我就只能一直舉著斧頭，現在終於可以放下來了。如果沒有遇見你們，我可能會永遠站在那兒了。不過，你們怎麼會出現在這裡？」

「因為我們要去翡翠城找偉大的奧茲！」桃樂絲回答。

「你們為什麼要去見奧茲大王？」錫樵夫又問。

「我想請他幫助我回到堪薩斯，而稻草人想要得到一顆腦袋。」她答道。

錫樵夫低頭想了一會兒後，說：「你覺得奧茲大王願意給我一顆心嗎？」

「我想他會的。」桃樂絲回答：「這件事對他來說，就和給稻草人一顆腦袋一樣簡單。」

「太棒了！那我可以加入你們的行列嗎？」

「好啊！」稻草人真誠地說。桃樂絲也對於多了一個夥伴，感到非常高興。於是，錫樵夫扛起斧頭，和大家一同踏上了前往翡翠城的黃磚小徑。

錫樵夫拜託桃樂絲將他的油壺放進籃子裡，他說：「如果我的身體淋到雨水，又會再次生鏽，所以必須帶著油壺才行。」

桃樂絲馬上答應了錫樵夫的請求，於是大家又繼續前進。桃樂絲在走路時，總是很專心地在想事情，因此她沒注意到前方有個坑洞，讓稻草人摔了一跤。

「你為什麼不繞過那個坑洞走呢？」錫樵夫問稻草人。

「我不知道要繞路而行啊！」稻草人笑嘻嘻地回答：「我的頭裡塞滿了稻草，所以我才想請奧茲大王給我一顆腦袋。」

「噢，原來如此！不過，腦袋並不是世界上最珍貴的東西。」錫樵夫說。

「那麼你有頭腦嗎？」稻草人問。

「沒有，我的頭顱裡空空如也。不過，若是腦袋和心只能選擇一個，我會選擇擁有一顆心。」

「為什麼？」稻草人相當不解。

「聽完我的故事，你就會明白了。」

於是，錫樵夫在接下來的路途中，向大家訴說了自己的故事：

「我是一名樵夫。某天，我遇到了一位夢奇金女孩，她非常美麗，我立刻對她一見鍾情。她說只要我賺到了錢，為她蓋間房子，她就願意嫁給我。於是，我更加努力地工作。可是，這位女孩和一位懶惰的老婦人住在一起，她不希望女孩嫁人，好讓女孩可以永遠為她煮飯、洗衣。因此，老婦人請東方女巫幫忙，阻止我們交往。壞女巫答應她，並在我的斧頭上施了咒語。有一天，當我正在專心伐木時，斧頭突然滑落，把我的左腿砍斷了。

「起初，我覺得非常難過，因為只有一條腿恐怕無法勝任伐木的工作。於是，我去找錫匠，請他為我打造一隻用錫做的腿。過了一段時間，我漸漸適應了新的錫腿。但是這件事激怒了邪惡的東方女巫，她如法炮製地砍斷我的右腿、兩條手臂和腦袋，甚至把我的身體劈開！多虧有錫匠及時援助，我才能順利存活下來。然而，老天！我的身體卻沒有了心，我完全失去對夢奇金女孩的愛意了，而她卻還是痴痴地等著我回去迎娶她！

「從此，我的身體在陽光下閃閃發亮，我感到非常自豪，已經不在乎受詛咒的斧頭是否會再度砸在身上，因為它再也無法傷害我了。對我來說，唯一的危險就是我的關節會生鏽。因此，我在木屋裡放了一個油壺，當我需要時，就可以替自己上油。然而某天，我在出門前忘了先上油，又碰到暴風雨，結果我的關節就這樣生鏽了。在你們解救我之前，我已經站在森林裡一年了。這種遭遇確實相當悽慘，卻讓我有時間去思索，原來自己最大的損失是失去了心。當我戀愛時，我覺得自己是世界上最幸福的人，但是一個沒有心的人，是無法體會這種感覺的。

所以我決定要請奧茲大王給我一顆心。如果他能夠實現我的願望，我就要回到夢奇金女孩的身邊，請求她嫁給我。」

稻草人和桃樂絲聽得很入迷，也終於明白為什麼錫樵夫想要獲得一顆心了。

桃樂絲一行人繼續步行穿越濃密又陰暗的森林，樹林裡的黃磚小徑被許多枯葉覆蓋，所以不太好走。這時，森林裡突然傳來一聲可怕的怒吼，接著，一隻大獅子跳了出來。獅子的大掌一揮，就將稻草人打得騰空旋轉到路旁，然後又用尖銳的利爪揮向錫樵夫。不過，事情卻出乎意料，雖然錫樵夫摔倒在一旁，但是獅子並沒有傷害到他。

托托很勇敢，牠一邊對著獅子狂吠，一邊撲了過去。獅子則張開血盆大口，等著托托自己送上門。桃樂絲的內心十分著急，她擔心托托會被吃掉，於是奮不顧身地衝向前，朝獅子的鼻子打了下去，並大聲斥責：「你竟敢咬我的托托！身為萬獸之王卻欺負弱小，你真該感到慚愧！」

獅子一邊搓揉著挨了打的鼻子，一邊辯解道：「我並沒有真的咬到牠啊！」

「可是，你本來打算咬牠呀！」桃樂絲憤怒地說：「原來，你只不過是一個可憐的膽小鬼！」

「我知道自己是個膽小鬼，可是，我又能怎麼辦呢？」獅子慚愧地說。

「我不知道，但是你想想看，你竟然傷害一個弱小的稻草人！」

「怪不得我才輕輕碰了一下，他就摔倒了。」獅子驚訝地說：「那另外一個人也是稻草人嗎？」

「不是，他是錫做的。」

「噢，難怪我的爪子差一點就被磨平了。」獅子恍然大悟地說道。

「那麼，你冒著生命危險搶救的那隻小動物又是什麼呢？」

「牠是我的寵物托托。」桃樂絲回答。

「牠是稻草做的，還是錫做的？」獅子問。

「都不是，托托是用肉做的！」

「噢，牠還真是個奇怪的生物，雖然長得小，卻十分勇敢！唉，除了我這樣的膽小鬼，應該沒有人會去咬這麼嬌小的動物了。」獅子難過地說。

「你為什麼會這麼膽小呢？」桃樂絲納悶地看著高大的獅子問道。

「我也不知道，或許我就是生性膽小。」獅子說：「森林裡的動物們都理所當然地認為我應該非常勇敢，因為獅子被視作萬獸之王。只要我大吼一聲，其他動物就會立刻被我嚇跑。可是，每當我遇到陌生人時，就會很害怕。尤其如果大象、老虎或是熊對我發怒，我就會嚇得逃之夭夭。」

「可是，萬獸之王不應該是個膽小鬼。」稻草人說。

「我知道。這是我人生中最大的悲哀，也使得我的生活很不快樂。只要一遇到危險，我的心跳就會急遽加速。」獅子一邊回答，一邊用自己的尾巴拭淚。

「或許你有心臟病？」錫樵夫說。

「有可能。」獅子無奈地回答。

「要是你真的有心臟病，那麼你應該要感到慶幸，因為這就代表你擁有一顆心。」錫樵夫說。

「也許吧，不過，如果我沒有心，說不定就不會這麼膽小了。」

「你有大腦嗎？」稻草人問。

「雖然我從未親眼見過，但我想應該有。」獅子回答。

「我想請奧茲大王給我一顆腦袋，因為我的頭顱裡塞滿了稻草。」稻草人說。

「我想請他給我一顆心。」錫樵夫說。

「我要請他送我和托托回到堪薩斯。」桃樂絲跟著說。

「我不知道奧茲大王能不能幫我實現願望，但如果你們不介意，我願意和你們同行。我再也無法忍受如此懦弱的自己了。」獅子說。

「歡迎你的加入！」桃樂絲說：「因為你能幫我們嚇跑其他野獸！」

於是，大家啟程上路了。接下來的路途十分順利，只是有一次，錫樵大不小心踩死了一隻小甲蟲，懊惱得流下了幾滴眼淚，因為他向來十分小心，不願意傷害任何生物。結果，他的淚水使得下巴生鏽，無法開口說話。

錫樵夫非常著急，不停地向大家比手勢求救。可是，桃樂絲和獅子都不明白錫樵夫想傳達的訊息。幸好稻草人立刻從籃子裡拿出油壺，替錫樵夫上油。不久之後，錫樵夫又可以正常說話了。

經過這次的教訓，錫樵夫走路時，眼睛總是全神貫注地盯著地面。他一看見小螞蟻，就會小心翼翼地跨過去。錫樵夫明白，正是因為自己沒有心，因此需要更加小心，避免傷害到無辜的小生命。

第三章　通往翡翠城的路

由於當晚他們找不到任何住處，因此大家只好在樹下紮營。錫樵夫用斧頭劈了許多木柴，讓桃樂絲能夠生火，暖暖身體。不過，桃樂絲和托托把最後一點麵包吃完了，所以她正煩惱接下來該用什麼東西果腹。這時，獅子說自己可以去森林裡，替桃樂絲獵一頭鹿作為早餐。

「不，千萬別這麼做！」錫樵夫央求道：「假如你傷害無辜的生命，我又會難過流淚，這樣我的下巴又要生鏽了。」

於是，獅子獨自進入森林為自己尋找晚餐。不過，因為他堅持不說，所以大家都不知道他吃了什麼。稻草人找到了一顆結實纍纍的大樹，他摘了許多果子裝滿桃樂絲的籃子。桃樂絲突然覺得稻草人不僅沒有想像中的愚笨，而且還相當貼心，他甚至會在她熟睡時，拿一些乾樹葉覆蓋在她身上，使她睡得既安穩又暖和。

天亮後，等桃樂絲在小溪旁梳洗完畢，大家便繼續朝翡翠城前進。對他們來說，這天簡直是個多災多難的日子。就在他們走了大約一個小時之後，眼前出現了一個大壕溝，將森林遙遠地分隔開來。大家走到壕溝旁，小心翼翼地往下看，發現底下布滿尖銳的岩石。而且壕溝十分陡峭，誰也沒辦法攀緣而下。

就在大家一籌莫展時，獅子忽然開口：「我在心裡仔細丈量過壕溝的距離後，認為自己應該可以跳得過去。」

「太好了！你可以一次載一個人跳過去，把大家送到對岸。」稻草人說。

「這倒是可以試試看！誰要第一個上來呢？」

「讓我先吧。」稻草人說：「萬一你沒有成功跳到對岸，桃樂絲可能會摔死，錫樵夫也會跌爛在谷底，但如果是我騎在你的背上就沒什麼關係了，因為即使我摔下來，也不會受傷。」

「我很怕自己會跌下去。可是，現在也只能奮力一搏了！稻草人，快坐上來吧！」膽小的獅子說。

稻草人坐到獅子的背上，接著，獅子走到壕溝旁蹲下身子，然後縱身一躍，果然安全地著陸。等稻草人從他的背上下來之後，獅子又越過壕溝跳了回來。桃樂絲把托托抱在懷裡，坐到獅子的背上，還沒來得及思索，就已經順利地抵達對岸。最後，獅子如法炮製地把錫樵夫也接到了對面。

對岸的樹林十分濃密，看起來既陰森又黑暗。等獅子恢復體力後，大家便繼續往前走。看著這片幽暗的森林，每個人都在心裡思索著不知道何時才能走出去。過了不久，他們的眼前又出現了一條大壕溝。這條壕溝又深又寬，就連獅子也沒辦法跳過去。

大家只好坐下來，思考該如何度過這個難關。忽然，稻草人

說：「你們看，壕溝旁有棵大樹。如果錫樵夫能夠把大樹砍倒，讓它橫跨在壕溝的兩岸，我們就可以從上面走過去了。」

「這個主意太棒了！別人一定會以為你是個很聰明的人，而不是頭顱裡裝滿了稻草的傻瓜。」獅子佩服地說。

錫樵夫立刻開始了他的工作，由於他的斧頭非常銳利，因此不一會兒就快砍斷了大樹。接著，獅子用他的前腿壓在樹幹上，使出渾身的力量將大樹往前推。慢慢地，大樹果真倒了下來，形成一座天然橋梁。桃樂絲開心地抱起托托走在最前面，錫樵夫跟在她身後，稻草人和獅子則走在最後面，大家就這樣順利地度過了那道巨大的壕溝。

他們馬不停蹄地趕路，桃樂絲感到非常疲憊，只好騎到獅子的背上。走了許久，四周的景物逐漸變得明亮開闊，讓大家感到十分雀躍。到了下午，他們來到一條水勢湍急的大河邊。大河對岸的黃磚小徑兩側是一片美麗的原野，到處都充滿了翠綠的草地、鮮豔的花朵和垂掛著許多果實的大樹。

「我們該如何度過這條大河呢？」桃樂絲問。

「很簡單，只要請錫樵夫做一艘木筏，大家就可以一起渡河了。」稻草人說。

於是，錫樵夫立刻舉起斧頭，開始砍柴做木筏。儘管錫樵夫可以不眠不休地工作，但是製作一艘木筏仍然要花上許多時間。天黑了，木筏還沒完成，於是大家在樹下找了一個舒適的地方，露宿到天明。

第二天早上，這些旅行者們醒來時，心中都充滿了希望。因為儘管黑森林陰暗險惡，但大家還是克服了重重難關。而且木筏就快要完成了，只要錫樵夫再用些小木釘，將幾根木條釘牢，他們馬上就可以動身出發。

桃樂絲抱著托托坐在木筏正中央。由於獅子的體重太重，因此當他登上木筏時，木筏不停地晃動。於是，稻草人和錫樵夫就站在木筏的另一端穩住船身，手裡還撐著長長的船篙，推著木筏往前划行。

起初，一切都非常順利。可是，當他們划行到河流中央時，一股急流突然將他們沖往下游，使得木筏離黃磚小徑愈來愈遠。

「糟了！」錫樵夫說：「要是我們不趕緊上岸，就會被沖到西方女巫的領土，到時候，她就會施展法術，將我們變成她的奴隸！」

「那麼我就得不到腦袋了！」稻草人說。

「我也得不到勇氣了！」膽小的獅子說。

「我也得不到心了！」樵夫說。

「我就永遠無法回到堪薩斯了！」桃樂絲說。

「我們一定要竭盡全力抵達翡翠城！」稻草人說。他使勁推著陷入泥濘裡的長篙，可是，還沒等他拔出長篙，木筏就已經被湍急的水流沖走了。可憐的稻草人就這樣一個人孤伶伶地掛在長篙上，停留在河床的正中央。

「再見了！」稻草人傷心地朝夥伴們大喊。

看到稻草人被留在河流中央，大家都覺得非常難過，錫樵夫還忍不住流下了眼淚。不過，幸好他立刻想起淚水會使自己生鏽，於是他趕緊用桃樂絲的洋裝將眼淚擦乾。

對稻草人而言，這實在是一件倒楣透頂的事情。

「現在的處境比當初我遇見桃樂絲時還要糟糕。」稻草人心想：「我被插在玉米田時，至少還能嚇嚇烏鴉。可是，一個稻草人站在河流中央，什麼也不能做呀！看來，我永遠也得不到我的腦袋了。」

木筏順著河流往下漂，這時，獅子忽然說：「我們一定得想辦法脫困！你們趕緊抓著我的尾巴，我想我應該可以拖著木筏，游到岸上。」

獅子說完後，立刻跳入水中，奮力地朝岸上游去。錫樵夫緊緊抓著獅子的尾巴，不敢鬆開；桃樂絲則抓著錫樵夫手上的船篙，努力將小船划向陸地。當他們終於抵達岸邊時，所有人都累壞了。而且他們也發現木筏在湍急水流的沖刷下，已經完全偏離前往翡翠城的黃磚小徑了。

「現在該怎麼辦才好？」錫樵夫問。

「我們必須沿著河岸走，直到重新找到黃磚小徑為止。」獅子說。

他們稍作休息後，便打起精神繼續出發了。這裡的風景宜人，到處都是嬌嫩的野花和結實纍纍的果樹。要不是少了稻草人的陪伴，大家肯定能夠度過一個非常愉快的時光。

「你們看那裡！」錫樵夫突然大叫。

他們回頭望過去，只見稻草人仍然停留在河流的中央，看起來非常孤單。

「我們該如何幫助他脫困呢？」桃樂絲問。

可是，獅子和錫樵夫都束手無策，大家只好呆坐在岸上，愁眉苦臉地望著稻草人。這時，一隻鸛鳥飛到他們身旁停了下來。

「你們是什麼人？要到哪裡去呢？」鸛鳥問道。

「我是桃樂絲，這兩位是錫樵夫和膽小的獅子，我們要去翡翠城。」

「這條路恐怕到不了翡翠城。」鸛鳥一邊說，一邊扭動長長的脖子。

「我知道。可是，我們的朋友稻草人被困在河流中央，我們正在思索該如何解救他。」桃樂絲回答。

鸛鳥低頭想了一會兒後，說：「如果他不會太重，我想我可以幫你們把他帶

回來。」

「他非常輕盈，因為他是用稻草做的！」桃樂絲連忙說：「如果你能把他救出來，我們會非常感激你的！」

「好吧，我試試看。」鸛鳥說。

語畢，鸛鳥迅速飛到稻草人的身邊，然後用爪子抓住他的肩膀，順利將他帶回岸上。稻草人與朋友們重逢後，高興得緊緊抱住他們。大家向那隻善良的鸛鳥道謝後，又開始繼續尋找那條黃磚小徑。

他們一邊聆聽鳥兒婉轉的歌聲，一邊欣賞著五彩繽紛的鮮花。草地上除了有黃色、藍色和紫色的花朵之外，還有緋紅的罌粟花，

讓桃樂絲看得眼花撩亂。

愈往前走，罌粟花就愈來愈多，幾乎看不見其他品種的花朵了。沒多久，他們發現自己身陷在一大片的罌粟花海當中。

所有人都知道，這種花的氣味十分濃郁，而且聞久了都會使人昏昏欲睡。如果不盡快把沉睡的人抬走，他可能就永遠醒不過來了。不過，桃樂絲不知道這件事情，她只覺得這些花兒非常美艷動人。漸漸地，她的眼皮開始變得沉重，累得只想躺下來睡一覺。

錫樵夫可不會就這麼讓桃樂絲睡著，他說：「我們得趕在天黑前回到黃磚小徑。」稻草人也同意他的看法，因此他們馬不停蹄地趕路，直到桃樂絲再也支撐不住為止。她的眼皮早已不由自主地闔上，在花叢中沉沉睡去。

「我們該怎麼辦才好？」錫樵夫問。

「如果我們把桃樂絲留在這裡，她必死無疑。」獅子說：「罌粟花的香氣可以將我們全部殺死，托托早已睡著，就連我的眼睛也快睜不開了。」

獅子說得沒錯，托托早就已經倒在桃樂絲的身旁一動也不動了。不過，稻草人和錫樵夫不是血肉之軀，所以罌粟花的香味對他們並不會造成任何影響。

「快跑，獅子！趕緊離開這片危險的花叢。」稻草人說：「我們會帶桃樂絲離開這裡。可是你的塊頭太大了，要是連你也睡著，我們可就抬不動了。」

於是，獅子立刻拔腿狂奔，沒多久就跑得不見蹤影了。

「我們把桃樂絲架起來帶走吧！」稻草人說完，立刻把托托放到桃樂絲的腿上。接著，他和錫樵夫兩人將雙手握起來相連，把桃樂絲抱起來讓她坐上去，努力將她搬離罌粟花田。

他們不停地向前走，但是這片無邊無際的罌粟花田看起來似乎沒有盡頭。他們沿著河岸繼續前進，不料，卻看到獅子倒臥在花叢中。看來，就連身強體壯的萬獸之王，也無法抵擋罌粟花致命的香氣。

「我們對獅子實在是無能為力，他太重了。」錫樵夫傷心地說：「我們只能讓他永遠沉睡在這裡了，說不定他可以在夢裡得到勇氣。」

「太令人難過了！獅子雖然非常膽小，卻是我們的好夥伴。不過沒辦法，我們還是趕緊離開吧！」稻草人說。

他們將桃樂絲抬到離罌粟花田十分遙遠的河邊，然後輕輕地把她放到柔軟的草地上，等待徐徐的微風將她喚醒。

「好不容易走完被急流沖下去的路程，我們現在應該離黃磚小徑不遠了。」稻草人站在桃樂絲身旁說。

錫樵夫正想開口回答，卻突然聽見一聲低沉的咆哮。他轉過頭，看見一隻長相奇特的大黃貓。錫樵夫從牠瞪大的雙眼和張著血盆大口判斷，牠應該正在追逐著什麼動物。

果然，等大野貓靠近之後，錫樵夫發現牠正在追捕一隻灰色的小田鼠。雖然錫樵夫沒有心，但是他知道追殺一隻手無寸鐵的小動物是不對的行為！

於是，當大野貓跑到錫樵夫身邊時，他舉起斧頭，一刀砍下，大野貓頓時一命嗚呼。死裡逃生的小田鼠緩緩走向錫樵夫，用細微的聲音說：「噢，真是太感

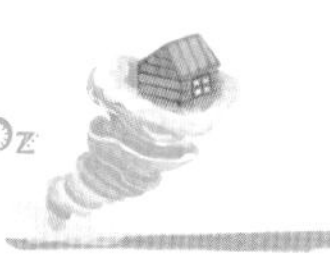

謝你了！謝謝你救了我一命。」

「不用客氣。」樵夫說：「我這個人沒有心，所以我總是特別留意是否有人需要幫助，就算只不過是隻小小的田鼠，我也會盡全力幫忙的。」

「只不過是隻小小的田鼠？」這隻小動物盛氣凌人地說：「我可是一位高高在上的田鼠女王！」

「噢！真的嗎？」樵夫說道，並朝她鞠了個躬。

就在這個時候，許多小田鼠拚命地跑了過來。當牠們看見田鼠女王安然無恙時，高興地大喊：「女王陛下，我們還以為您已經死了！您是如何逃離大野貓的魔掌呢？」

「是這位錫樵夫救了我的性命，所以從現在開始，你們都必須服從他的命令，並滿足他所有的要求。」

一隻最大的田鼠問錫樵夫：「請問有什麼事情需要我們為您效勞嗎？」

「我想不到有什麼事情需要你們幫忙。」錫樵夫回答。

稻草人連忙說：「對了！你們可以幫忙解救我們的朋友，他是一隻膽小的獅子，到現在還沉睡在罌粟花田裡呢！」

「我們該怎麼做呢？」女王疑惑地問。

「請問有多少隻田鼠臣服於你呢？」

「大概有幾千隻。」她答道。

「那麼，請你馬上把大家召集過來，並讓每隻田鼠都帶著一條長繩子。」

女王命令身旁隨行的田鼠，並要求牠們馬上召集所有的子民來到這裡。田鼠們接獲命令後，立刻朝四面八方迅速地跑開了。

接著，稻草人轉頭對錫樵夫說：「現在，你必須去砍些木柴，做成一輛可以載運獅子的推車。」

於是，錫樵夫立刻開始工作。他的技術又快又好，田鼠們尚未到齊，推車就已經完成了。

不久之後，上千隻田鼠從四面八方跑了過來，而且每隻田鼠的嘴裡都叼著一

條繩子。於是，稻草人和錫樵夫連忙用繩子將田鼠們與推車綁在一起，然後由那些嬌小的田鼠將車子拖往獅子昏睡的地方。

他們費了九牛二虎之力，終於將獅子搬上推車。田鼠女王擔心如果待在花叢裡太久，大家可能會集體昏迷過去，於是立刻下令拖動推車。可是，嬌小的田鼠們幾乎無法拖動沉重的車子，於是稻草人和錫樵夫就在後面幫忙推車，最後終於順利拉動了。很快地，他們就將獅子載離罌粟花田，回到了綠色的原野。

這時，桃樂絲和托托甦醒過來了。稻草人向她解釋了來龍去脈後，她衷心地感謝田鼠們將她的朋友從鬼門關前救了回來。田鼠們卸下綁在身上的繩子，然後匆匆跑進草叢中的家。

「如果日後你們還需要幫助，就吹響這個哨子召喚我們。那麼，再見了！」田鼠女王交給桃樂絲一個銀哨子後，優雅地離開了。

「再見！」眾人一起向她道別。

由於獅子在罌粟花田裡待了太久，吸入過多致命的花香，因此沉睡了好長一段時間才甦醒過來。等獅子完全清醒後，桃樂絲告訴他事情發生的經過。接著，大家繼續啟程前往翡翠城。

這條道路十分平坦，風景又美不勝收，讓桃樂絲一行人的心情十分愉快。他們看見路旁的圍籬和房子都漆成鮮豔的綠色。而且人們也都穿著美麗的翡翠綠色衣服，還戴著和夢奇金人一樣的尖帽子。

「我們一定就快要到翡翠城了！」桃樂絲興奮地說。

「對呀，這裡到處都是漂亮的綠色，就像夢奇金人喜歡藍色一樣。不過，天就快要黑了，我們得先找個地方過夜。」稻草人擔憂地說。

「那麼，我們問問看前面那戶人家吧！」桃樂絲說。

於是，他們走到一間大農舍前，桃樂絲鼓起勇氣敲敲門。沒多久，一位婦人打開門，問道：「小姑娘，有什麼事嗎？為什麼有隻大獅子跟在你的後面？」

「我是桃樂絲，這頭獅子是我的朋友，他很膽小，絕對不會傷害你的。由於天色晚了，我們想請問您是否能讓我們暫住一宿。」

婦人想了一會兒後，說：「如果是這樣的話，那麼你們就進來吧。我會替你們準備晚餐，再整理出一個地方讓你們睡覺。」

桃樂絲一行人走進屋內，發現客廳裡坐著一位男人和兩名孩童。當婦人忙著準備晚飯時，男人問道：「你們要去哪裡呀？」

「我們要去翡翠城，求見偉大的奧茲。」桃樂絲說。

「噢，天啊！你確定奧茲大王會願意接見你們嗎？」男人驚訝地問。

「為什麼他會不願意見我們？」桃樂絲反問。

「因為據說他從來都不在人們面前現身。我去過翡翠城幾次，那裡的確非常美麗，但是我從來都沒有見過奧茲大王，也不曾聽說有人見過他。」

「他足不出戶嗎？」稻草人問。

「沒錯，他每天都待在皇宮裡，就連服侍他的僕人也從未當面見過他。」

「就算這樣我們也要試一試，不然我們不就白跑一趟了嗎？」桃樂絲說。

「你們為什麼非得去見奧茲大王不可呢？」男人疑惑地問。

「我要請他給我一顆腦袋。」稻草人認真地說。

「噢，這件事對奧茲大王來說太簡單了！他有非常多顆腦袋。」

「我要請他給我一顆心。」錫樵夫說。

「這也難不倒他，因為奧茲大王收集了各式各樣的心。」

「我要請他給我勇氣。」膽小的獅子說。

「奧茲大王的宮殿裡有一桶的勇氣，而且他還用一個黃金盤子蓋著，以防勇氣流失。我相信他會願意給你一點勇氣的。」

「我想請他送我回到家鄉。」桃樂絲說。

「奧茲大王神通廣大，他一定能夠實現你的心願。不過，眼前最重要的難題是你們必須先見到偉大的奧茲。」

就在這個時候，婦人呼喚大家可以準備吃晚餐了。

所有人統統坐到了餐桌前。桃樂絲吃了一些燕麥粥、炒蛋和麵包；獅子也喝了一碗燕麥粥，卻不怎麼喜歡，還說燕麥是給馬吃的食物；稻草人和錫樵夫什麼也不用吃，倒是托托每樣東西都吃了一點，覺得非常心滿意足。

用過晚餐後，婦人為桃樂絲鋪了一張床，讓她睡在上面，托托則睡在桃樂絲的身邊。獅子趴在門口守衛，保護桃樂絲。稻草人和錫樵夫不需要休息，於是兩人靜靜地待在角落，等待黎明的到來。

第四章 神奇的翡翠城

隔天一早，大家就告別婦人一家，出發前往翡翠城了。不久，他們看見前面的天空出現了一道美麗的綠色光芒。

「那裡就是翡翠城！」桃樂絲說。

他們愈往前走，綠色的光芒就變得愈來愈強烈，看來桃樂絲他們就快要抵達目的地了。當他們來到圍繞翡翠城的城牆時，已經是下午了。整座高大的城牆被漆成耀眼的綠色，在陽光下格外光彩奪目。

桃樂絲發現城門旁有個門鈴，於是她按下門鈴，隨即聽見裡頭響起了一陣清脆的金屬聲。接著，大門緩緩地打開，他們走進去後，發現自己置身在一個拱型的房間裡，屋內的牆壁上鑲滿了璀璨耀眼的翡翠。

在他們的面前，站著一個身材和夢奇金人差不多的小矮人。他從頭到腳的服

飾都是綠色的，甚至他的皮膚也泛著些微的綠色。這位小矮人的旁邊擺著一個綠色的大箱子。

小矮人看了看桃樂絲和她的夥伴們後，問道：「你們來翡翠城做什麼？」

「我們想求見偉大的奧茲。」桃樂絲說。

小矮人聽到後，為難地說：「已經有許多年沒有人向我提出這個要求了。奧茲大王的魔法高強、脾氣暴躁，如果你們來只是為了一點雞毛蒜皮的小事，他有可能會在一氣之下，將你們統統消滅！」

「我們真的有非常重要的事情要請他幫忙，而且只有偉大的奧茲才能夠辦得到！」稻草人誠懇地回答。

「好吧，我是城門的守衛，既然你們決心要求見奧茲大王，我就帶你們去他的宮殿吧！不過，你們必須先戴上一副綠色的墨鏡。」

「為什麼？」桃樂絲問。

「因為要是你們不戴上綠墨鏡，就會被翡翠城裡耀眼的綠光弄瞎雙眼！所以

住在翡翠城裡的居民，都會時時刻刻戴著墨鏡。翡翠城一建好的時候，奧茲大王就下令每個人都必須戴上墨鏡，而且還要鎖在頭上，城裡只有我握有打開鎖頭的鑰匙。」

接著，他打開身旁的大箱子，桃樂絲看見裡面裝滿了各種尺寸和形狀的綠墨鏡。守衛挑了一副適合桃樂絲的綠墨鏡為她戴上，墨鏡的兩側各有一條金色的長鏈，可以繞過桃樂絲的頭部。守衛將桃樂絲的墨鏡鎖好之後，就替稻草人、錫樵夫和獅子戴上了綠墨鏡，就連托托也不例外。

最後，守衛也戴上墨鏡，並從牆上的掛鉤取下一把金色的大鑰匙，打開另一扇門，所有的人就跟著他走進翡翠城。

雖然戴上了綠色墨鏡，但是桃樂絲依然能感受到翡翠城裡刺眼的光芒。道路兩旁是用綠色大理石砌成的漂亮屋子，上面還鑲有閃閃發光的綠翡翠；人行道用綠色磚塊鋪設而成，連結處還有成排的翡翠；窗戶的玻璃也是綠色的；就連太陽也投射出了綠色的光芒。

大街上有許多人們來來往往，不管男女老少都穿著綠色的服飾，有著綠色的皮膚。街上有許多商店，桃樂絲看見店裡販賣的商品也都是綠色的。綠色的糖果、綠色的爆米花、綠色的鞋子，以及各種款式的綠色衣服。有個男士在街頭賣綠色的檸檬汽水，當孩童付錢給他時，桃樂絲看到他們手上的錢幣也是綠色的。

守衛帶領大家穿過大街小巷，來到一座宏偉的建築

物前。這裡是城市的中心，也就是偉大的奧茲居住的皇宮。門前站著一位士兵，他身穿綠色的制服，臉上留著長長的綠鬍鬚。

「這裡有幾位訪客想求見奧茲大王。」城門的守衛對他說。

「請進，我會將消息傳遞給大王。」士兵說。

士兵領著大家走過宮殿大門，來到皇宮裡的一個大房間。屋子裡鋪著綠色的地毯，周圍還擺放鑲嵌著許多翡翠的家具。

「請大家先稍坐一會，我這就去向奧茲大王稟告各位蒞臨的消息。」士兵說。

他們等了很久，士兵終於回來了。

「你見到奧茲大王了嗎？」桃樂絲問。

「沒有，我從未見過奧茲大王。不過，我看到他坐在屏風後面，就把消息轉達給他了。大王說，他願意接見你們，可是，每天只有一人能夠進去見他。因此，請你們在宮殿裡住幾天，我會帶各位到你們的房間。經過長途跋涉之後，你們一定也累了，今天就先好好休息吧！」

「謝謝你，奧茲大王真是貼心。」桃樂絲說。

接著，士兵吹響了一個綠色的哨子，立刻有一位身穿綠色洋裝的少女走進房間。少女有著一頭亮麗的綠色秀髮和一雙水汪汪的綠眼睛，她向桃樂絲一行人鞠躬行禮，說：「奧茲大王明天就會召見大家，現在，就讓我帶你們到各自的房間裡去休息吧！」

第二天早上，吃過早餐後，少女來到桃樂絲的房間，替她換上一件非常美麗的綠色洋裝，配上一條嶄新的綠色圍裙。她還在托托的脖子上繫了一條可愛的綠色緞帶，隨後就帶領他們前往奧茲大王的御座殿。

他們先來到大廳，裡面有許多身穿華麗服飾的紳士貴婦。每天早上，這群人就待在這裡談天，可是，卻從來沒有人獲准晉見大王。當桃樂絲走進大廳時，大家都驚訝地看著她，其中一個人小聲地問她：「小姑娘，你真的要去晉見令人生畏的奧茲大王嗎？」

「如果他願意見我，我當然非常樂意！」桃樂絲回答。

「噢，奧茲大王一定會接見你的。」那位替桃樂絲傳遞消息的士兵說：「雖然剛開始時，他的確非常震怒，並命令我立刻將你們送走。可是後來，他問起我你的模樣。當我告訴他你穿了一雙銀鞋子時，他非常感興趣。接著，我又告訴他你的額頭上有個印記，他就立刻決定要見你。」

這時，鈴聲突然響起，少女對桃樂絲說：「這是大王傳來的訊號！現在，你必須獨自進入御座殿。」

說完，少女打開一扇小門，桃樂絲勇敢地走了進去，發現裡面非常美麗。那是個圓形的大房間，牆壁、屋頂和地板都鑲著大量的翡翠。屋頂中央有一座用翡翠製成的巨型吊燈，將室內照得燈火通明。

不過，桃樂絲最感興趣的是位在屋內中央的寶座。它的形狀像一把椅子，上面也鑲滿了閃閃發亮的翡翠。椅子的中央有一顆沒有任何四肢支撐的巨大頭顱。這顆巨頭沒有頭髮，臉上的五官卻非常完整。

當桃樂絲緊張地注視著那顆頭顱時，巨頭的眼睛突然慢慢地看向她，眼神十分銳利。接著，巨頭的雙唇張開，發出聲音說：「我是偉大又可怕的奧茲大王，你是誰？為什麼要見我？」

那顆頭顱的聲音不如桃樂絲預期的那樣恐怖，於是她鼓起勇氣回答：「我是弱小又溫柔的桃樂絲，專程前來請求大王的幫忙。」

大眼睛上下打量了她好一會兒後，說：「你是從哪裡弄來這雙鞋子的？」

「這雙鞋子是從邪惡的東方女巫那裡得來的，因為我的房子降落的時候，不小心把她壓死了。」桃樂絲誠實地答道。

「那麼，你額頭上的印記又是怎麼來的？」

「北方的好女巫要我來找您，這是她在離別前親吻我所留下來的記號。」

大眼睛銳利地盯著桃樂絲，確認她並不是在說謊。接著，奧茲大王又問：「你希望能從我這裡得到什麼幫助？」

「請你送我回到堪薩斯，艾瑪嬸嬸和亨利叔叔都還在家裡等著我回去呢！」桃樂絲誠懇地說。

「我為什麼要幫助你？」奧茲大王問。

「因為您是個強大的魔法師，而我只是個無助的小女孩。」

「可是，你不是有辦法殺死邪惡的東方女巫嗎？」

「那只是巧合罷了！我也沒料到會發生這種情況。」桃樂絲回答。

巨頭說：「在這個國家，任何人都必須有所付出，才能夠得到回報。」

「我要做什麼事呢？」桃樂絲問。

「你必須替我殺死西方的壞巫婆。」奧茲大王回答。

「可是，我辦不到啊！」桃樂絲感到非常詫異。

「既然你能殺死邪惡的東方女巫，就一定能夠剷除西方的壞巫婆。況且，你還穿著法力高強的銀鞋子呢！除非你完成這項任務，否則我不會替你實現願望！現在，你可以離開了！」

桃樂絲難過地走出御座殿，回到朋友們的身邊。大家都焦急地想知道奧茲大王究竟對她說了什麼。

「我的希望破滅了。奧茲大王要求我殺死西方的壞女巫，否則他不會實現我的願望。可是，我做不到啊！」桃樂絲傷心地說。

雖然大家都為她感到難過，但是也無能為力。於是，桃樂絲只好回到房間，躺在床上傷心地哭泣，哭著哭著就睡著了。

隔天一早，綠鬍子士兵來到稻草人的房間，對他說：「請跟我來，奧茲大王要召見你。」

於是，稻草人跟著士兵走進御座殿，他見到一位優雅的貴婦坐在翡翠寶座上。這位女士身穿綠色的薄紗禮服，隨風飄逸的綠色秀髮上戴著一頂鑲滿寶石的皇冠。她的肩膀有一對色彩繽紛的翅膀，只要空氣一流動，翅膀就會輕盈地拍動起來。

稻草人向美麗的貴婦深深一鞠躬，貴婦親切地看著他，說：「我是偉大又可怕的奧茲大王，你是誰？為什麼要見我？」

稻草人原本以為會看見桃樂絲說的那顆巨頭，因此感到非常驚訝，但是他還是勇敢地回答：「我是一個頭顱裡裝滿稻草的稻草人，我來這裡是想請您給我一顆聰明的頭腦。」

「我為什麼要幫助你呢？」貴婦問。

「因為您既聰明又擁有強大的法術，而且除了您以外，沒有人能夠實現我的心願了。」稻草人回答。

「你必須替我做些事情，我才會實現你的願望。」奧茲大王說：「這樣好了，要是你能為我除掉西方的壞女巫，我就會賜予你一顆最聰明的腦袋，讓你成為奧茲國最有智慧的人。」

「可是，您不是要桃樂絲去殺死壞巫婆嗎？」稻草人驚訝地問。

「沒錯。不管是誰殺死壞女巫都一樣，只要她沒有死，你的心願就無法實現！現在，你可以走了。在你有資格從我這裡得到腦袋之前，不必再求見於我。」

稻草人失望地回到朋友身邊，並把奧茲大王的話轉述給他們聽。桃樂絲對於稻草人見到的是一位美麗的貴婦而不是一顆巨頭，感到十分訝異。

隔天早晨，綠鬍子士兵來到錫樵夫的房間，說：「請跟我來，奧茲大王現在要見你。」

於是，錫樵夫跟著士兵來到御座殿。他喃喃自語地說：「不知道我會看見一顆巨頭，還是一位貴婦。如果我看到的是巨頭，那麼我肯定無法實現願望，因為他自己都缺乏心臟了，一定也無法體會我的感受；可是，奧茲大王倘若是一位貴婦，我就要向她懇求給我一顆心，貴婦總是比較溫柔善良的。」

結果，錫樵夫走進御座殿之後，看到的既不是巨頭，也不是貴婦，而是一隻恐怖的怪獸。牠大約有一頭大象那麼大，沉重的身體似乎快要把寶座壓垮了。怪

獸的頭似犀牛，而且臉上居然長了五隻眼睛！牠的身上長了五隻手和五條細長的腿，上面還覆蓋了一層濃密的厚毛。幸虧錫樵夫沒有心臟，否則他的心臟一定會嚇得從胸口跳出來。雖然錫樵夫感到很吃驚，但是他一點也不害怕。

「我是偉大又可怕的奧茲大王，你是誰？為什麼要見我？」怪獸大聲咆哮。

「我是一位用錫鐵做成的樵夫，因此我沒有心，也不知道該如何愛別人。我想懇求您給我一顆心，讓我能夠和其他人一樣。」

「我為什麼要幫助你？」野獸問。

「因為除了您之外，沒有人能夠實現我的心願。」錫樵夫回答。

奧茲大王聽完後大吼一聲，粗暴地說：「要是你真的渴望能夠擁有一顆心，

那麼你就得付出努力。」

「我該做什麼呢？」錫樵夫問。

「協助桃樂絲除掉西方的壞女巫！等任務完成後，你再來找我，屆時，我會給你全奧茲國最善良的心。」

於是，錫樵夫無奈地回到大廳，告訴朋友們自己見到的是一頭恐怖的怪獸。大家對於偉大的奧茲如此變化莫測，感到十分驚奇。這時，獅子忽然開口：

「如果我去見奧茲大王的時候，出現的是一頭怪獸，我就大聲咆哮，把他嚇得全身發抖，這樣他也許就會實現我們的心願了；倘若出現的是一位貴婦，我就作勢要撲上前，迫使她答應我們的請求；要是奧茲大王以巨頭現身，我就要把他的頭拿來當球踢，直到他答應實現我們的願望為止。朋友們，別氣餒，我相信我們的心願都會實現的。」

第二天早晨，綠鬍子士兵帶領獅子前往御座殿去見奧茲大王。

獅子立刻越過大門，走進寬敞的御座殿。出乎他的意料，坐在寶座上的居然

是一顆大火球。這顆火球吐著鮮紅的火焰，發出熊熊火光，使得獅子無法直視它。起初，獅子以為是奧茲大王的身體著火了。當獅子試著靠近寶座時，火球炙熱的高溫竟然將他的鬍鬚前端烤焦了！於是，獅子只好顫抖地爬回門口。

就在這個時候，一個低沉的聲音從火球傳了出來：「我是偉大又可怕的奧茲大王，你是誰？為什麼要見我？」

「我是一隻膽小的獅子，任何東西都會使我感到害怕。我特地前來是想請您給我一些勇氣，這樣我就能成為人們口中的萬獸之王了。」

「我為什麼要幫助你？」奧茲大王問。

「因為您是這個世界上最偉大的魔法師，只有您才能夠實現我的願望。」獅子回答。

這時，火球燒得更猛了，並且說：「只要你順利除掉西方的壞女巫，我就賜給你勇氣。否則，你將永遠都只是一隻膽小的獅子。」

獅子聽了奧茲大王的話後，敢怒而不敢言，只是默默地瞪著火球。突然間，火球燃燒得更加猛烈，獅子立刻嚇得拔腿就跑。他逃出房間後，連忙告訴朋友們事情發生的經過。

「我們現在該怎麼辦才好？」桃樂絲傷心地問。

「我們唯一能做的，就只有前往威基國，除掉邪惡的壞女巫了。」獅子無奈地回答。

「可是，如果我們無法打敗她呢？」桃樂絲問。

「那麼我就永遠得不到勇氣了。」獅子說。

「我就永遠得不到聰明的腦袋了。」稻草人說。

「我就永遠得不到善良的心了。」錫樵夫說。

「我就再也無法見到艾瑪嬸嬸和亨利叔叔了。」桃樂絲一邊說，一邊忍不住哭了起來。

過了一會兒，桃樂絲擦乾眼淚，打起精神說：「看來我們只能服從奧茲大王的命令了。不過，我寧可再也見不到艾瑪嬸嬸，也不願意傷害任何人。」

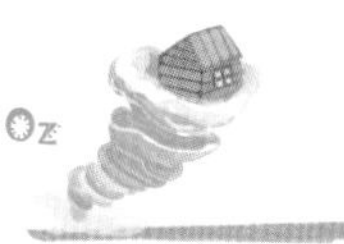

「雖然我只是隻膽小的獅子，但是我也和你一塊去吧！」獅子說。

「我也去！可是，我可能幫不上什麼忙。」稻草人說。

「我一點也不想要傷害女巫，但是既然你們都要去，那也算上我吧！」錫樵夫堅定地說。

於是，大家決定明天就前往西方，尋找壞女巫。錫樵夫用綠色的磨刀石磨利斧頭，還替全身的關節都上了油；稻草人把身體裡的稻草更新，並請桃樂絲用油漆替他重新畫好眼睛，讓他能夠看得更清楚；那位親切的少女在桃樂絲的籃子裡裝滿美味的食物，並在托托的脖子上，用綠緞帶繫上一個小鈴鐺。

那天晚上，他們早早上床就寢，一覺到天明。隔天，桃樂絲一行人在綠公雞的啼聲中，慢慢地甦醒過來。

第五章　討伐邪惡女巫

在綠鬍子士兵的引導下，他們穿過大街小巷，來到城門守衛居住的小屋。守衛幫他們打開戴在臉上的綠墨鏡，然後緩緩地為大家打開城門。

「請問我們該走哪一條路，才能夠找到西方的壞女巫呢？」桃樂絲問。

「我也不清楚。」守衛說：「不過，只要你們一走進西方的領土，壞巫婆就會發現你們，並將你們統統抓起來當作奴隸。」

「那可不一定，因為我們是要去殺死壞巫婆的！」稻草人說。

「噢，那就另當別論了。」守衛說：「在此之前，任何人都無法除掉她，因此我還是覺得你們會成為她的奴隸。你們千萬要小心，壞巫婆十分惡毒殘暴，而且絕不會放鬆戒備。我想，你們只要跟著日落的方向走，肯定就能找到她。」

桃樂絲一行人向守衛告別後，就立刻朝著西方前進。他們來到一處柔軟的青

青草地，這裡到處點綴著美麗的雛菊和毛茛。桃樂絲仍然穿著在奧茲大王宮殿裡換上的綠色洋裝，可是，綠衣裳不知從什麼時候變成白色的了！就連托托脖子上的綠色緞帶，也從綠色變成了雪白。

不久之後，翡翠城已經遠遠地落在他們身後了。他們愈往西方走，四周的景色就愈來愈荒蕪，路面也崎嶇不堪。這裡不僅沒有農場和住宅，就連土地也絲毫沒有耕作過的痕跡。

由於周圍毫無遮蔽物，大家只能完全曝晒在陽光底下，因此在夜晚來臨之前，桃樂絲、托托和獅子就已經累得筋疲力盡，躺在草地上睡著了。稻草人和錫樵夫則在一旁保護著他們。

西方的壞女巫只有一隻眼睛，不過，這隻眼睛就像是望遠鏡，可以清楚地看見遠方的動靜。當她坐在城堡頂端朝外面眺望時，看見了正躺在草地上熟睡的桃樂絲，以及她身旁的夥伴們。雖然桃樂絲一行人位在距離城堡相當遙遠的地方，但是壞巫婆仍然氣得直跳腳。於是，她立刻吹響了掛在她脖子上的銀哨子。

沒過多久，四面八方竄出了成群的野狼。這些野狼都有著長長的腿、凶惡的眼神，以及尖銳的利牙。

「你們快去找到那些傢伙，然後將他們撕成碎片！」女巫說。

「您不把他們捉來當奴隸嗎？」狼群的首領問道。

「不必了！一個是錫鐵打的，一個是稻草做的，加上一個小女孩和一隻獅子。這些傢伙沒有一個能用，你們就盡情地大吃一頓吧！」

「遵命！」狼群的首領說完後，就帶領野狼們衝向桃樂絲他們所在的位置。

幸虧稻草人和錫樵夫聽見了狼群飛奔而來的腳步聲。

「看我的厲害，你快點躲到一旁，讓我給牠們一點顏色瞧瞧！」錫樵夫說。說著，錫樵夫舉起鋒利的斧頭，當狼群的首領撲過來時，只見錫樵夫斧頭大力一揮，狼頭就滾落到了地上。他才剛舉起斧頭，第二隻野狼又撲了過來，錫樵夫如法炮製，瞬間就砍死了另一隻野狼。一眨眼，錫樵夫就把壞巫婆的四十隻野狼全數殲滅。野狼的屍體在錫樵夫的面前，堆成了一座小山。

隔天早晨，當桃樂絲醒來看到野狼們的屍體時，簡直嚇壞了！錫樵夫連忙把事情的經過告訴她，桃樂絲非常感謝錫樵夫救了大家的性命。隨後，大家匆匆吃過早餐，立刻又向前趕路。

這天早上，壞巫婆又來到城堡的頂端往遠處眺望。當她看見手下的狼群們被殺得片甲不留，而那些陌生的旅客卻依然在她的領土繼續前進時，氣得暴跳如雷。於是，她再次吹響銀哨子。轉眼間，一大群凶猛的烏鴉飛到了壞女巫的身邊，數量多到連太陽都被遮蔽得昏暗無光。

壞女巫對烏鴉的首領說：「立刻飛去那裡，把那些傢伙的眼睛啄出來！」

凶猛的烏鴉立即聚成一堆，飛向桃樂絲和她的夥伴們。桃樂絲看見成群的烏鴉飛過來，嚇得全身發抖。這時，稻草人說：「這次看我的了！你們趕緊在我身後趴下，保證平安無事。」

於是，大家紛紛趴在地上，稻草人則站在原地，伸長雙臂。當烏鴉看見稻草人後，立刻嚇得魂飛魄散，因為稻草人本來就是用來嚇唬烏鴉的。於是，烏鴉的

首領說：「那傢伙不過就是個稻草人罷了，看我飛過去，把他的眼睛啄出來！」

烏鴉的首領飛向稻草人，結果稻草人立刻將牠捉住，並扭斷了牠的脖子。接著，第二隻烏鴉飛過來攻擊稻草人，卻也落得和首領一樣的下場。最後，稻草人一鼓作氣地將壞巫婆的四十隻烏鴉統統殺死了。

當壞女巫發現她派去的烏鴉，全部都被稻草人扭斷脖子時，氣得咬牙切齒，甚至連頭髮都快拔下來了。於是，她立刻叫來十二名威基人奴隸，命令他們帶著銳利的長矛，消滅那群可惡的入侵者。

威基人本就不是勇敢的民族，但他們也不敢違抗壞巫婆的命令，只好硬著頭皮衝到桃樂絲一行人的面前。這時，獅子發出一陣怒吼，並向他們撲過去。那十二名奴隸立刻嚇得魂飛魄散，四處逃命。

壞巫婆懲罰了那些臨陣脫逃的威基人奴隸後，坐在椅子上冷靜地思考。她不明白為什麼這些方法無法殺死那些傢伙。不過，法力高強的她，立刻就想到了能夠對付桃樂絲一行人的方法。

壞女巫的櫥櫃裡放著一頂金色的帽子，上面鑲滿了漂亮的鑽石和藍寶石。這是一頂具有魔法的帽子，無論是誰擁有這頂帽子，都能召喚長有翅膀的飛猴三次，命令牠們滿足自身的願望。不過，壞巫婆先前已經召喚飛猴兩次了。第一次是利用飛猴協助她占領威基國，將威基人收為奴隸；第二次是她與奧茲大王作戰時，飛猴協助她把奧茲大王趕出這個國家。

現在，壞巫婆只剩下最後一次使用魔法帽的機會了。雖然她非常不願意隨便動用這頂帽子的魔法，但是眼見自己的手下全部被消滅，就連奴隸也被獅子嚇得奔逃回來，如今她只好靠這頂帽子，來打敗桃樂絲和她的夥伴們了。

於是，壞女巫從櫃子裡取出金帽子，戴在頭上，然後用左腳站立，慢慢地唸出咒語：

「依皮——培皮——卡奇！」

接著，用右腳站立，唸道：

「希囉——河囉——赫囉！」

最後，她用雙腳站立，大聲吼道：

「西西——酥西——西克！」

這時，咒語開始奏效了。天空暗了下來，周圍隆隆作響。接著，傳來了一陣嬉鬧聲和翅膀拍動的聲音。不一會兒，陽光從黑壓壓的雲層中透了出來，照耀在壞巫婆和圍繞在她身旁的飛猴身上。每一隻飛猴都長著一對巨大而有力的翅膀。

其中一隻猴子的身材特別魁梧，看起來像是飛猴的首領。牠飛到壞巫婆的身邊，問道：「這是第三次，也是您最後一次使喚我們，請問您有何吩咐？」

「你們飛到那些可惡的入侵者那裡，

除了那頭獅子之外，其他人一律殺掉！」壞女巫說：「把獅子帶到我這裡來，我要把他像馬一樣地使喚，讓他替我工作。」

「遵命！」飛猴的首領回答。接著，這些猴子發出吱吱的尖叫聲，朝著桃樂絲一行人所在的位置飛去。

有幾隻飛猴把錫樵夫抓到半空中，飛往鋪滿尖銳岩石的地方，然後鬆開手，將可憐的錫樵夫直直丟下。錫樵夫的身體被撞得凹凸不平，無法動彈。

其他幾隻猴子捉住稻草人，用細長尖銳的指甲把稻草人身體裡的稻草全部拉扯出來，還把稻草人的帽子、靴子和衣服捆成一包，扔到大樹上。

剩下的飛猴則用繩子緊緊綑綁住獅子，然後將他抬回壞巫婆的城堡。到了城堡之後，飛猴們把獅子扔進用高大鐵柵欄圍起來的庭院裡，讓他無法逃脫。

不過，這些飛猴卻不敢傷害桃樂絲。桃樂絲抱著托托站在原地，瑟瑟發抖。飛猴的首領來到她的面前，伸出兩隻毛茸茸的長手臂，露出猙獰的微笑。但是當牠看到好巫婆留在桃樂絲額頭上的印記時，立即停止了動作，並命令其他猴子們

不准傷害桃樂絲。

「我們不能傷害這個小女孩，因為她受到好巫婆的庇護，而且她的魔法比壞巫婆更強大。我們能做的只有將她帶回壞巫婆的城堡，任憑壞巫婆處置。」

於是，他們輕輕地抓起桃樂絲，將她帶回了城堡。飛猴的首領對壞女巫說：「我們已經竭盡全力完成您的吩咐，將錫樵夫和稻草人摧毀，也將獅子綑綁在庭院裡。可是，對於這位女孩和她懷裡的小狗，我們無能為力。您已經使喚了我們三次，從今以後，您再也不能召喚我們了。」

飛猴的首領說完後，帶領大家飛上天空，不一會兒就消失得無影無蹤。

壞女巫看見桃樂絲額頭上的印記後，既吃驚又害怕，因為她明白不論是自己或是飛猴，都無法傷害這個小女孩。當壞女巫看到桃樂絲腳上的銀鞋子時，更是害怕得渾身發抖，因為她知道自己無法與銀鞋子所具有的法力互相抗衡。起初，壞巫婆企圖逃跑，但是當她從桃樂絲的眼裡，發現這個單純的小女孩絲毫不清楚這雙銀鞋子的魔法時，她開心極了！

壞巫婆心想：「太好了！看來那個笨女孩一點也不知道怎麼使用她所擁有的魔法，我先讓她變成我的奴隸再說吧！」

於是，她用粗啞的嗓子對桃樂絲說：「跟我來！從現在開始，你必須絕對服從我的命令！否則，你就會落得和稻草人、錫樵夫一樣的下場！」

桃樂絲跟著壞巫婆來到廚房，巫婆立刻命令她把鍋子和水壺磨亮，將地板擦乾淨，還要隨時往爐灶裡添加柴薪，不能讓火熄滅。桃樂絲戰戰兢兢地開始努力工作。不過，當桃樂絲知道壞巫婆並不打算立刻殺她時，她感到鬆了一口氣。

正當桃樂絲埋首努力工作時，壞巫婆來到庭院，想把勒馬的韁繩套在獅子的身上。可是，壞巫婆打開柵門後，獅子立刻凶惡地對她大聲咆哮，並朝她飛撲過去。巫婆嚇得連忙關上柵門。

「如果你不讓我套上韁繩，我就讓你餓死！」壞巫婆惡狠狠地對獅子說。

從那天開始，壞女巫果真不給獅子任何食物。而且每天中午，她都會跑到庭院問獅子：「你到底願不願意像馬一樣替我拉車？」

獅子總是回答：「不要！只要你敢走進庭院，我就把你撕成碎片！」

其實，獅子膽敢如此拒絕女巫，是因為桃樂絲每晚都會趁巫婆熟睡時，偷偷跑到庭院餵獅子吃東西。吃飽後，獅子就在乾草堆上躺下來，桃樂絲則躺在獅子蓬鬆的鬃毛上傾吐心中的委屈，並商討該如何逃出這座城堡。但是他們根本無計可施，因為威基人奴隸時時刻刻都在城堡的四周把守，戒備相當森嚴。

白天的時候，桃樂絲總是得賣力工作，壞巫婆不時拿著一把舊雨傘威脅著要打她。實際上，她根本不敢動桃樂絲一根寒毛。單純的桃樂絲毫不知情，還整日提心吊膽地害怕巫婆會傷害自己和托托。

漸漸地，桃樂絲明白她想回到堪薩斯與艾瑪嬸嬸重逢，是一件愈來愈不可能的事了。有時，桃樂絲會傷心得連續哭上好幾個小時，托托則會坐在桃樂絲的腳邊看著她的臉，發出嗚嗚的聲音，似乎也為桃樂絲感到難過。

另一方面，壞巫婆無時無刻都在想著該如何把桃樂絲腳上的銀鞋子占為己有。她的烏鴉和狼群們都已經被消滅殆盡，黃金帽的魔法也已經使用完畢了，但是只要她能夠得到那雙銀鞋子，就可以擁有比原本失去的還要更加強大的法力。

她每天監視著桃樂絲的一舉一動，打算只要桃樂絲一脫下鞋子，就立刻將它們偷走。可是，桃樂絲對這雙美麗的銀鞋子愛不釋手，除了晚上洗澡的時候以外，其他時間總是將鞋子牢牢地穿在腳上。壞女巫害怕黑暗，因此她不敢趁黑夜走進桃樂絲的房間把鞋子偷出來。而且，與黑暗相比，壞巫婆更害怕水，所以當桃樂絲洗澡時，她總是遠遠地躲在一旁，不敢靠近。

不過，這個狡猾的女巫想到了一個可以得到鞋子的好方法。她在廚房的地板中央放置一根鐵條，並對鐵條施了魔法，讓普通人無法察覺到鐵條的存在。因此當桃樂絲走過去的時候，一不小心就被鐵條絆倒，摔了個四腳朝天。桃樂絲雖然沒有受傷，但是在她跌倒的時候，一隻銀鞋子不慎從腳上滑落。她還來不及撿起鞋子，壞女巫已經一把拿走，並穿在自己瘦骨嶙峋的腳上了。

壞女巫見到自己的詭計得逞後，非常得意，因為擁有了一隻銀鞋子，就如同獲得一半的法力。現在，就算桃樂絲知道如何利用鞋子的魔法，也不會對她構成

任何威脅了。

桃樂絲發現壞女巫搶走了她的鞋子之後，生氣地大叫：「快把它還給我！」

「我才不要！這雙鞋子已經是我的了！」壞女巫奸笑著回答。

「你真是個可惡的傢伙！你沒有資格搶走我的鞋子！」桃樂絲大喊。

「我偏要拿走！而且總有一天，我會把你另一隻腳上的鞋子也偷過來，哈哈哈！」女巫一邊大笑，一邊對桃樂絲說。

桃樂絲聽到後，簡直氣壞了！她隨手提起身旁的水桶，往巫婆的身上潑去。壞巫婆瞬間變成落湯雞，渾身濕漉漉。

突然間，壞女巫發出一聲淒厲的慘叫。桃樂絲驚訝地看著巫婆的身體正逐漸縮小，慢慢地消失。

「看看你都做了些什麼！我馬上就要融化了……」她大聲尖叫。

「真的非常對不起！」桃樂絲看著壞巫婆像焦糖一樣融化在她眼前，嚇得目瞪口呆。

「難道你不知道水會把我融化嗎？」女巫絕望地問。

「我當然不知道！更何況，我怎麼會知道這種事情嘛！」桃樂絲回答。

「再過幾分鐘，我的身體就會完全融化，到時候，這座城堡就屬於你的了。我這一生作惡多端，沒想到居然會敗在你這個小女孩的手裡。你看！我就這樣消——失——了。」

女巫說完後，瞬間融化成一攤棕色的液體，把廚房乾淨的地板弄得髒兮兮。桃樂絲拎起一桶水潑在地上，將地板重新打掃乾淨。接著，她撿起被壞女巫搶走的鞋子，仔細地擦拭一番後，重新穿在腳上。終於重獲自由的桃樂絲，興奮地跑

去庭院找獅子，告訴他壞巫婆已經一命嗚呼了。

膽小的獅子聽到這個消息，開心得不得了。桃樂絲立刻把庭院的門鎖打開，把獅子放出來。隨後，她把威基人召集過來，宣布他們已經不再是壞女巫的奴隸了。威基人欣喜若狂，經過壞女巫多年的殘暴統治後，他們終於恢復自由了！

「唉，要是稻草人和錫樵夫也在這裡就好了。」獅子難過地說。

「我們現在就去把他們救出來吧！」桃樂絲說。

桃樂絲把事情的經過告訴威基人，並請他們幫忙拯救夥伴。為了報答桃樂絲使他們重獲自由，威基人一口答應了她的請求。於是，大家準備好後，就立刻出發了。他們整整走了一天一夜，終於抵達遍布尖銳岩石的荒野。錫樵夫千瘡百孔地躺在那裡，他的斧頭已經生鏽，刀柄也斷了。

威基人輕輕地抬起錫樵夫，把他搬回城堡裡。走著走著，桃樂絲想起夥伴們的遭遇，不禁傷心地哭了起來，獅子也在一旁露出哀傷的神色。

他們回到城堡後，桃樂絲立刻問威基人：「請問你們的國境內有錫匠嗎？」

「有的，我們有好幾位技術高超的錫匠呢！」他們答道。

「請把他們帶來這裡，好嗎？」桃樂絲說。

「沒問題！」威基人胸有成竹地說。

過了不久，好幾個錫匠拎著工具箱走了過來，桃樂絲問他們說：「請問你們能把錫樵夫身上凹凸不平的地方敲平，拉直他扭曲變形的地方，並將他脫落的手腳接回去嗎？」

錫匠們仔細地觀察了錫樵夫的狀況後，向桃樂絲保證他們一定會讓錫樵夫恢復原樣。於是，錫匠們把錫樵夫抬進一個大房間，不眠不休地替他修補受損的身體。他們敲打、拉直、焊接、磨光、固定錫樵夫的手腳、身軀和頭部的凹痕。最後，錫樵夫終於恢復了原本的模樣，所有的關節也可以活動自如了。

當錫樵夫走進桃樂絲的房間向她道謝時，他激動地掉下喜悅的淚水。桃樂絲連忙用衣服擦乾錫樵夫的眼淚，擔心他會再次生鏽，自己卻也忍不住熱淚盈眶。獅子則在一旁不停地用尾巴拭淚，讓整條尾巴變得濕淋淋的，只好走到庭院去把

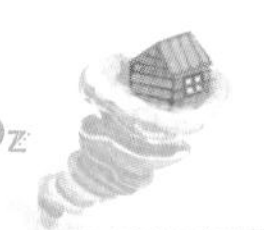

它晒乾。

桃樂絲把事情的經過告訴錫樵夫後，錫樵夫難過地說：「要是稻草人在我們的身邊，那就太好了。」

「我們一定能夠找到他。」桃樂絲堅定地說。

於是，桃樂絲再次召集威基人，請他們協助拯救稻草人。他們走了好久，終於看見懸掛著稻草人衣服的那棵大樹。

這棵樹高聳入雲，而且樹幹非常光滑，大家都沒辦法爬上去。這時，錫樵夫立刻說：「我來砍倒它吧！這樣我們就能拿到稻草人的衣服了。」

先前威基人錫匠在替錫樵夫修補身體時，從事金飾工藝的師傅就為他用純金打造了一個斧柄；另一個師傅則將生鏽的斧刃磨亮，讓斧頭看起來煥然一新。

錫樵夫立刻舉起斧頭開始砍樹。很快地，大樹轟隆倒下，稻草人的衣服也從樹枝上掉下來，落在地上。

桃樂絲將衣服撿起來，讓威基人帶回城堡，然後將衣服塞滿乾淨的稻草，剎那間，稻草人又再度復活了！他不停地向大家道謝，感謝眾人救了他。

桃樂絲終於和夥伴們團聚在一起，她興奮地說：「我們去找偉大的奧茲，請他兌現自己的承諾吧！」

「沒錯，我終於可以得到一顆心了！」錫樵夫說。

「我終於可以得到腦袋了！」稻草人開心地說。

「我終於可以得到勇氣了！」獅子熱切地說。

「我終於可以回到堪薩斯了！」桃樂絲一邊拍手，一邊大叫：「我們明天就出發前往翡翠城吧！」

第二天，他們召集所有的威基人，和他們道別。當百姓得知他們要離開時，都相當不捨。而且他們十分喜愛錫樵夫，紛紛懇求他留下來治理國家。不過，眼看他們心意已決，威基人只好贈送一些珍貴的寶物作為離別禮。桃樂絲一行人都向威基人表示感謝，並與百姓們一一握手道別。

桃樂絲從壞巫婆的櫃子裡找到了一些食物，並把它們放進籃子裡。當桃樂絲

看見櫥櫃裡的黃金帽時，她好奇地拿起來試戴，結果竟發現帽子的大小恰巧與自己的頭部吻合。其實，桃樂絲對這頂黃金帽的法力毫不知情，只是覺得這頂帽子很漂亮，可以作為她的遮陽帽。

一切都準備就緒後，他們就出發前往翡翠城。在威基人歡呼三聲後，桃樂絲一行人帶著大家的祝福上路了。

第六章　揭開騙局

告別威基國後，桃樂絲和夥伴們心想，只要朝著太陽升起的方向前進，就一定能夠回到翡翠城。然而，他們卻在半途迷失方向，只好在原野中隨處亂走。

日子一天天地過去了，可是他們還是被困在花朵盛開的原野，怎麼走也走不出去。稻草人忍不住開始抱怨：「我們一定是迷路了。要是再找不到去翡翠城的路，我就永遠無法得到腦袋了。」

「我也無法得到心臟了。」錫樵夫喊道。

「我也沒有勇氣再繼續漫無目的地走下去了。」膽小的獅子哭著說。

聽見夥伴們的抱怨後，桃樂絲也有些垂頭喪氣。她坐在草地上，無奈地和伙伴們面面相覷。就連托托也累得沒有力氣去追逐飛在牠頭頂上的蝴蝶。托托吐著舌頭大口喘氣，牠望著桃樂絲，似乎在問她接下來該怎麼辦？

「我們可以尋求田鼠的幫忙！說不定牠們能為我們指引方向。」桃樂絲建議。

「對啊！我們剛才怎麼沒有想到呢？」稻草人歡呼。

於是，桃樂絲拿出田鼠女王送給她的小哨子吹了起來。不一會兒，他們就聽見小腳竄動的聲音，一隻隻小田鼠從四面八方跑了出來。田鼠女王用尖細的聲音問道：「親愛的朋友們，請問有何吩咐？」

「我們迷路了。請問你能告訴我該怎麼去翡翠城嗎？」桃樂絲說。

「沒問題。不過，翡翠城離這裡非常遙遠，因為你們完全朝著反方向走。」就在這個時候，田鼠女王發現桃樂絲戴著金帽子，便問她：「你為什麼不利用這頂魔法帽召喚飛猴呢？牠們可以在一小時之內將你們帶到翡翠城。」

「我該怎麼使用它呢？」桃樂絲又驚又喜地說。

「使用方法就寫在帽子的內側。」田鼠女王回答：「不過，倘若你打算召喚飛猴，我們就得先離開了，因為這些猴子們非常頑皮，說不定會捉弄我們。」

「可是，那些猴子也會欺負我們啊！」桃樂絲焦慮地說。

「絕對不會，因為牠們必須無條件服從帽子主人的命令。再見！」田鼠女王說完後，就帶領所有的田鼠回家去了。

桃樂絲脫下黃金帽，仔細地查看帽子的內側，果真發現裡面寫著一些句子。於是，桃樂絲記下魔咒，戴上帽子，然後小心翼翼地唸出來，並做出咒語搭配的動作。

沒多久，大家就聽見一陣翅膀拍動的聲音。接著，一群飛猴從天而降，猴子的首領恭敬地來到桃樂絲的面前，問道：「您有何吩咐？」

「我們在去翡翠城的路上迷路了，你能帶我們到那裡去嗎？」桃樂絲說。

「沒問題。」首領立刻和另一隻飛猴將桃樂絲的身子抬起來，飛到了空中。其他的猴子則抓著稻草人、錫樵夫、獅子和托托，跟在後面飛行。

起初，稻草人和錫樵夫嚇得渾身顫抖，因為他們仍然對先前被飛猴們殘暴對待感到心有餘悸。不過，當兩人發現猴子並不打算傷害他們時，心情頓時變得十分輕鬆，而且還相當沉浸在飛行的樂趣裡。

帶著桃樂絲飛行的是兩隻體型最大的猴子，牠們互相握住雙手，搭成一張椅子捧著桃樂絲，小心翼翼地怕弄傷了她。

「你們為什麼必須服從黃金帽子的咒語呢？」桃樂絲疑惑地問。

「這件事情說來話長啊！」飛猴的首領笑著回答：「從前，我們住在一座森林裡，生活過得無憂無慮，而且不用聽命於任何人，甚至偶爾會捉弄其他的動物。這已經是很久以前的事了，那時，連奧茲大王都還未從雲端降落，統領這片土地。

「當時，在遙遠的南方，有一位美麗的公主名叫葛琳達，住在一座用紅寶石砌成的皇宮裡。葛琳達是一位法力高強的好女巫，經常運用魔法幫助百姓，深受大家景仰。

不過，由於她既漂亮又聰明，在她眼裡，所有的男人都既醜陋又愚蠢。因此，她人生最大的悲哀竟是找不到一位可以與她匹配的對象。

「最後，葛琳達終於找到一位俊秀英勇、少年老成的男孩。她決心等待男孩長大成人後，就將自己許配給他。於是，葛琳達將他帶回皇宮，並運用所有的魔法將他調教成一位健壯、善良的男人。少年的名字叫做奎拉拉，等他成人之後，所有人都說他是這個世界上最聰明、最出色的男人。奎拉拉的男子氣概教葛琳達深深折服，她迫不急待地準備婚禮，等待嫁給他。

「那時，我的祖父是飛猴的首領。牠住在葛琳達的宮殿附近，非常喜歡惡作劇。在葛琳達的婚禮前夕，我的祖父看見穿著華麗的奎拉拉在河邊散步。牠想看看奎拉拉究竟有多大的能耐，於是下令猴群們抓住奎拉拉，將他扔進河裡。

「葛琳達知道後非常生氣，她將所有的飛猴召集過來，並且說要將牠們的翅膀綁起來，像牠們對付奎拉拉那樣，把飛猴全部丟進河裡。我的祖父連忙向葛琳達求饒，就連奎拉拉也寬宏大量地替飛猴們求情。雖然葛琳達饒過了飛猴，但是她要求飛猴們必須服從任何擁有金帽子的主人三個願望。這頂帽子是葛琳達送給奎拉拉的結婚禮物，據說耗費了她半個國土。我們的祖父當然答應了她的要求，這也就是為什麼我們必須聽從金帽子主人的吩咐了。」

當飛猴的首領說完故事後，桃樂絲往下一看，發現閃閃發光的翡翠城就在自己的腳下。飛猴們小心翼翼地將他們放置在城門口，首領向桃樂絲深深一鞠躬之後，率領猴群們飛走了。

桃樂絲和夥伴們走到城門前，按下門鈴。鈴聲響了幾次之後，出現了上回見過的那名守衛。

「天啊！你們怎麼又回來了？你們有見到西方壞女巫嗎？」守衛驚訝地問。

「當然！而且她已經融化了。」稻草人回答。

「這真是個好消息！是誰讓她融化的？」守衛激動地問。

「是桃樂絲！」獅子自豪地回答。

「真是太了不起了！」守衛向桃樂絲深深一鞠躬。

隨後，他帶領大家走進小房間，再次為他們戴上綠墨鏡，並且上鎖。準備就緒後，他們通過城門，走進翡翠城。當人們聽到守衛說桃樂絲已經將西方壞女巫消滅時，大家紛紛圍攏過來，排成一列長長的隊伍，一起前往奧茲大王的宮殿。

把守在宮殿門口的依舊是那位綠鬍子士兵，這次，他什麼也沒問，就直接讓大家進入皇宮。接著，那位親切的少女像上回那樣，帶領他們到各自的房間去休息，等待奧茲大王召見。

桃樂絲和她的夥伴們原本以為奧茲大王很快就會召見他們，可是事情並沒有如預期般地發展。

日子一天天地過去，大家漸漸無法忍受這種漫無目的的等待。稻草人請少女向奧茲大王通報，倘若大王再不召見他們，他們就要找飛猴幫忙，看看大王是否能夠遵守自己的諾言。奧茲大王聽到這個消息，嚇得手足無措。他曾在西方領土見過飛猴們一次，他可不想再看到牠們。於是，奧茲大王立刻傳令給桃樂絲一行人，答應隔天早上會立刻接見他們。

第二天，綠鬍子士兵來到大家的房間，將他們帶往御座殿。桃樂絲和她的夥伴們先前都已經見過大王以不同的模樣現身，可是他們現在卻什麼也沒看到。突然，空蕩蕩的房間傳來一個嚴肅的聲音，說：「我是偉大又可怕的奧茲大王，你們為什麼要見我？」

他們發現聲音是從寶座那裡傳過來的，於是大家走向前，站成一排。

「奧茲大王，我們是來請您兌現承諾的。」桃樂絲說。

「什麼承諾？」奧茲大王問。

「您答應過，如果我消滅邪惡的西方壞女巫，您就要送我回堪薩斯！」桃樂絲大聲地說。

「您答應過要給我一顆最聰明的腦袋！」稻草人說。

「您答應過要給我一顆最善良的心！」錫樵夫說。

「您也答應過要給我勇氣！」膽小的獅子說。

「西方壞女巫真的消失了嗎？」那個聲音又問，桃樂絲發現聲音有點顫抖。

「是的。我用一桶水將她融化了。」桃樂絲回答。

「我的天啊！你們居然這麼迅速就完成了任務！可是，我還需要一點時間想一想，所以你們明天再來見我吧！」

「您已經思考很久了！」錫樵夫生氣地說。

「我們再也等不下去了！」稻草人也跟著附和。

「您必須遵守您的諾言！」桃樂絲大喊。

獅子認為自己應該嚇唬這位不守信用的奧茲大王，於是他朝寶座凶猛地大吼一聲，嚇得托托跳了起來，不小心撞倒了放在角落的屏風，發出了一聲巨響。眾人紛紛轉過頭，卻被眼前的景象嚇得目瞪口呆。原來，屏風後面躲著一位禿頭又滿臉皺紋的小老頭，看起來似乎和大家一樣驚恐。

錫樵夫舉起斧頭衝了過去，大聲喊道：「你是誰？」

「我就是偉大又可怕的奧茲大王，拜託請別殺我，我願意為你們做任何事情！」老人顫抖地說。

桃樂絲和夥伴們既驚訝又失望地看著他。

「我還以為奧茲大王是一顆大頭呢！」桃樂絲說。

「我以為他是一位美麗的貴婦！」稻草人說。

「我以為他是一隻可怕的怪獸！」錫樵夫說。

「我以為他是一顆炙熱的火球！」獅子喊道。

「不，你們都錯了，那些只是我製造出來的假象罷了。」奧茲大王卑微地說。

「假象！」桃樂絲喊道：「你難道不是一位偉大的魔法師嗎？」

「噓！小姑娘，小聲點，別讓別人聽見，否則我就完蛋了！其實，我根本就不是魔法師，我只不過是個平凡的人罷了。」

「你真是個大騙子！」稻草人傷心地說。

「糟透了！我要如何得到我的心呢？」錫樵夫說。

「我的勇氣怎麼辦？」獅子問。

「我的大腦又該怎麼辦？」稻草人忍不住嚎啕大哭。

「親愛的朋友們，你們就別再提那些雞毛蒜皮的小事了。」奧茲大王說：「看看我，我現在的麻煩比你們的大多了呢！」

「難道沒有人知道你是個騙子嗎？」桃樂絲問。

「除了你們四位之外，其他人都還被蒙在鼓裡。」奧茲大王回答：「我已經騙了大家這麼久，所以天真地以為永遠不會有人發現。我真不應該讓你們進來，即使是我的百姓，通常我也不會讓他們進入御座殿。」

「但是我不明白，你是如何以一顆巨頭的模樣出現在我面前的呢？」桃樂絲疑惑地問。

「請跟我來，我會讓你們明白的。」奧茲大王說。

大家跟著奧茲大王走進御座殿後方的小房間。他們發現房間的角落裡，放置著一顆用許多厚紙板做成的巨頭，上面仔細地描繪出一張臉孔。

「我用鐵絲將大頭懸掛在天花板上，然後站在屏風後面拉扯繩子，就可以使它的眼睛和嘴巴活動自如。」奧茲大王解釋。

「那麼，聲音又是從哪裡發出來的？」

「噢，我會腹語！我可以任意使聲音從不同的地方傳送出來，所以你會以為聲音是從大頭的嘴裡發出來的。除此之外，我還用了其他道具矇騙你們。」

奧茲大王將他佯裝成貴婦的洋裝和面具拿給稻草人看，又讓錫樵夫看看怪獸只不過是用動物的毛皮縫製在一塊，並用支架撐起來的物品。至於大火球，其實是奧茲大王將一團棉花球用鐵絲懸掛在天花板上，然後淋上汽油，棉花就猛烈地燃燒變成一顆炙熱的火球。

「你真該為自己的行為感到慚愧！」稻草人說。

「我的確感到很羞愧，但我也是逼不得已的。請你們先坐下來，聽聽我的故事吧！」小老頭哀戚地說。

於是，大家都坐下來聆聽奧茲大王敘述的故事：

「我在奧馬哈出生……」

「等等，那個城市離堪薩斯很近！」桃樂絲大叫。

「沒錯，但是距離這裡非常遙遠。」奧茲大王傷心地搖搖頭，說：「我長大之後，成為了一名腹語表演者。我能夠模仿任何一種鳥類或動物的聲音。

「過了一陣子，我感到有些厭倦，於是改行成為一位熱氣球駕駛員。為了招攬人群進來馬戲團看戲，我們通常會在節目開始前，坐在一顆熱氣球上表演，吸引人們的目光。

「有一天，當我坐在熱氣球裡時，繩子纏繞成一團，害得我無法下降，結果熱氣球就這麼不停地飛，直飛到雲端，一陣亂流吹來，把我帶往了非常遙遠的地方。熱氣球飛行了一天一夜，第二天早上醒來時，我發現熱氣球正飛在一個奇異又美麗的國度上方。

「熱氣球逐漸下降，而我毫髮未損。不過，我發現自己被一群奇怪的陌生人包圍。他們看到我從天上降落，就認為我一定是位偉大的魔法師。當然，我沒有告訴他們實情，因為這樣一來，這些人就會非常地敬畏我，並且願意為我效勞。

「為了讓這群人有事情可以做，我命令他們建造了這座翡翠城和我的皇宮，而他們也做得非常好。然後我想，既然這個國家到處都是綠色的，我就將它命名為翡翠城吧！為了讓它更名副其實，我要求每位子民都戴上綠色的墨鏡，如此一來，他們見到的一切事物就都是綠色的了。

「難道這裡並非每樣東西都是綠色的嗎？」桃樂絲問。

「這裡和其他的城市沒有什麼不同，但是只要你戴上綠墨鏡，所有的物品自然看起來就都是綠色的。翡翠城是在多年前，當我年輕時來到此地所興建的，如今我已經很老了。長年以來，我的百姓們都帶著綠墨鏡生活，因此大多數人都以為這裡真的全部都是綠色的。我善待我的人民，而他們也非常尊敬我。不過，自從這座宮殿落成後，我就足不出戶，並且不再接見任何人。

「其實，我最怕的就是那些壞女巫，因為我不會任何法術，但她們卻擁有真本領。倘若被壞巫婆發現我只是個平凡人，她們一定會想盡辦法除掉我。正是因為如此，多年來我一直生活在恐懼之中，所以你可以想像，當我聽說東方壞女巫被你的房子壓死時，我有多麼地開心。因此，當你來見我時，我才答應你，要是

你能替我除掉西方壞女巫，我就實現你的心願。可是現在，你們成功消滅了她，而我卻無法兌現我的承諾。」

「我認為你是一個非常壞的人。」桃樂絲說。

「噢！不，我是個好人，但是我必須承認我是個很糟糕的魔法師。」

「那麼，你可以給我頭腦嗎？」稻草人問。

「其實你不需要大腦，因為你每天都在學習新的事物。嬰兒雖然有頭腦，但是他什麼也不懂。經驗會為我們帶來知識，只要你在地球上存活得愈久，就能夠獲得愈多的經驗。」

「也許你說的沒錯，但是如果你不給我頭腦，我一定會很難過。」稻草人傷心地說。

「好吧！」奧茲大王嘆了一口氣，說：「雖然我並非真正的魔法師，但是如果你明天早上再來見我，我就會在你的頭裡放進一顆腦袋。不過，我沒辦法告訴你如何使用它，這得靠你自行摸索才行。」

「噢，真是太謝謝你了！我一定會找到它的使用方法！」稻草人大喊。

「那麼我的勇氣呢？」獅子焦急地問。

「我相信你有很多的勇氣。」奧茲回答：「不過，你缺乏的是自信。面對危險時，沒有一個動物不會害怕。真正的勇氣是當你在面臨危險而感到害怕時，仍然義無反顧地面對，而我想你已經具備了這種勇氣。」

「或許吧，但我仍然會感到害怕。如果你不給我一些勇氣，我會很難過的。」膽小的獅子說。

「好吧！明天我會給你一些勇氣。」奧茲大王回答。

「那麼我的心呢？」錫樵夫問。

「噢，至於你要一顆心，我想你可能就錯了。」奧茲大王回答：「大多數的人都因為有了心而感到不快樂，所以你沒有心是一件很幸運的事情啊！」

「這只是別人的看法。如果你願意給我一顆心，我會毫無怨言地承受那些負面的情緒。」錫樵夫說。

「好吧！明天我會給你一顆心。」奧茲大王溫和地說。

「那麼，我要如何才能回到堪薩斯呢？」桃樂絲問。

「這個我得再花兩、三天的時間思考，想想該如何帶你越過這片沙漠。」小老頭回答：「這段期間，你們就先住在我的宮殿裡吧！我的子民會好好地招待你們，滿足你們所有的需求。不過，希望你們能替我保守我的祕密。」

他們答應奧茲大王絕對會守口如瓶後，就興奮地回到各自的房間了。桃樂絲相當期盼那位「偉大的騙子大王」能夠找到方法，帶她回家。如果大王真的完成了她的心願，桃樂絲就願意原諒他所做的一切了。

第七章　騙子的魔法

第二天早上，稻草人興高采烈地對夥伴們說：「恭喜我吧！我終於可以得到聰明的腦袋了，等我回來之後，我就可以和正常人一樣了！」

「我一直都很喜歡你現在這個樣子。」桃樂絲淡淡地說。

「謝謝你喜歡一個稻草人。不過，當你聽到我用新頭腦想出更精采的想法時，肯定會更喜歡我的。」

稻草人和夥伴們道別後，來到御座殿。

「我是來領取腦袋的。」稻草人緊張地說。

「請先坐在這張椅子上。」奧茲大王說：「為了把腦袋放進你的頭裡，我得先將你的頭顱摘下來。」

「沒問題。」稻草人說。

於是，奧茲大王摘下稻草人的頭，抽出裡面的稻草。接著，他拿來一些米糠，裡面混合了許多圖釘和細針。最後，他將這些東西放進稻草人的頭顱並搖晃均勻，再用稻草填補頭部剩餘的空間，以維持形狀。

當奧茲大王把稻草人的頭顱重新裝上後，他說：「從今以後，你就是這個世界上最聰明的人了，因為我已經在你的頭顱裡，放進了全新的腦袋。」

實現心願的稻草人感到既開心又驕傲，他恭敬地向奧茲大王道謝後，立刻回到了朋友們的身邊。桃樂絲好奇地看著他，稻草人的頭裡裝了腦袋之後，顯得有些鼓鼓的。

「你的感覺如何？」她問。

「我覺得自己充滿了智慧！等我習慣這顆新腦袋後，我就可以無所不知了。」稻草人興奮地說。

「現在，輪到我去向奧茲大王索取我的心了。」錫樵夫說。

於是，他匆匆來到御座殿。

「我來領取我的心。」錫樵夫說。

「沒問題。」奧茲大王說：「不過，為了把心臟放進你的身體裡，我得先在你的胸口挖開一個洞，但願我這麼做不會傷害到你。」

「噢，沒關係，我不會有任何感覺。」錫樵夫回答。

奧茲大王拿起一把剪刀，在錫樵夫的左胸口剪開一個正方形的小洞。接著，他從抽屜裡取出一顆美麗的心，它的外表是用絲綢做的，裡面塞滿了鋸木屑。

他把心放入錫樵夫的胸膛，再把剛才剪下來的鐵皮重新補上，然後溫和地對錫樵夫說：「現在，你擁有一顆任何人都會引以為傲的心。」

「真是太感謝您了！我永遠也不會忘記您的大恩大德。」錫樵夫誠摯地向大王道謝後，回到夥伴們身邊。大家都祝福他擁有美好的未來。

接下來輪到獅子了，他來到御座殿，大聲地說：「我來領取我的勇氣！」

「好，我這就去拿給你。」奧茲大王說。

於是，他從櫥櫃的頂端取下一個四方型的綠色瓶子，然後他將瓶中的液體倒進一個金綠色且雕工精美的盤子。他把盤子放到獅子面前，說：「喝下去。」

「這是什麼東西？」獅子問。

「如果在你的體內，這就是勇氣。不過，要是你不把它喝下去，它就不能被稱作勇氣了，所以我建議你盡快喝掉！」

獅子聽了大王的說明後，一口氣將盤子裡的液體喝個精光。

「你現在覺得如何？」奧茲大王問。

「我覺得自己充滿了勇氣！」獅子說，然後他興高采烈地回到了朋友們的身邊，和大家分享自己的喜悅。

奧茲大王獨自一人時，他回想起今天實現了稻草人、錫樵夫和獅子的願望，不禁露出一抹微笑。他想：「當這些人要求我完成不可能辦到的事情時，我怎能不是個騙子？要讓稻草人、錫樵夫和獅子開心是很容易的事情，因為他們堅信我無所不能。至於桃樂絲的願望，我得再好好想想辦法，畢竟我根本不知道該如何送她回到距離這裡非常遙遠的堪薩斯啊！」

接下來的三天，桃樂絲都沒有收到奧茲大王傳來的消息，這讓她十分沮喪。現在，她的朋友們都已經實現了願望，各各既開心又滿足。

稻草人說他的腦袋裡充滿了許多新鮮、有趣的想法，但是他不願意說出來，因為只有他才明白自己在想什麼。錫樵夫告訴大家，當他走路時，會感覺到心臟怦怦作響，而且他覺得現在的他，比以前是活生生的人時還要更善良。獅子則表示，現在已經沒有任何東西能夠嚇倒他了，就算有一群可怕的野獸站在他面前，他也能夠毫無畏懼地面對。

桃樂絲聽了大家的話之後，格外地思念家鄉。

到了第四天，桃樂絲終於被奧茲大王召見了！她興奮地來到御座殿，大王親切地對她說：「坐吧，孩子，我已經找到能夠讓你離開這個國家的辦法了！」

「那麼，我可以回到堪薩斯嗎？」桃樂絲急切地問。

「嗯，我不敢保證，因為我不知道堪薩斯在哪裡。」奧茲大王說：「不過，只要越過沙漠，要找到回家的路就容易多了。」

「我要怎麼越過沙漠呢？」桃樂絲問。

「你還記得我曾經說過，我是搭乘熱氣球來到這裡的嗎？而且你也是被龍捲風吹來這裡的，所以我認為藉由飛行橫越沙漠是最為可行的辦法。雖然我無法製造出龍捲風，但我可以做出一個像樣的熱氣球！不過，我們國內卻沒有可以讓氣球浮起來的氫氣。」

「可是，如果氣球無法浮起來，不就於事無補了嗎？」桃樂絲補充道。

「沒錯。」奧茲大王說：「不過，還有其他的方法能讓氣球浮起來，那就是在氣球裡灌入熱空氣。但是熱空氣不比氫氣好，因為它容易冷卻，所以我們極有可能飛到半途就降落在沙漠中，迷失方向。」

「我們？」桃樂絲驚訝地問道：「你要跟我一起離開嗎？」

「當然囉！」奧茲大王回答：「我已經厭倦當一個騙子了。要是我走出宮殿，百姓們一定會發現我不是個魔法師，還會因為我欺騙他們而生氣。但是我再也受不了整日待在皇宮裡了，我寧願和你一起回到堪薩斯！」

「真高興有你的陪伴！」桃樂絲說。

「謝謝你！那麼，我們馬上開始做氣球吧！」

於是，奧茲大王迅速地將不同顏色的絲綢裁剪成適當的大小，然後由桃樂絲將布料縫在一塊。他們耗費三天的時間，終於完成了一個超級大氣球。接著，奧茲大王在氣球的外側塗上一層薄膠，防止漏氣。最後，他命令綠鬍子士兵找來一個大籃子，並用繩索將它牢牢地綁在氣球下方。

準備就緒後，奧茲大王立刻發布消息，向大家宣布自己將要去拜訪他那位住在雲端的魔法師弟弟。很快地，這個消息就傳遍了全城各地，百姓們紛紛趕來觀看這個難得的盛況。

大王命令士兵把氣球抬出宮外，又請錫樵夫砍了許多木柴，並且將柴薪點燃。奧茲大王抓住氣球的底部，好讓引燃的熱氣可以灌入氣球裡。慢慢地，氣球逐漸膨脹並上升到空中，到最後只剩下籃子的底部碰到地面。

接著，奧茲大王走進籃子裡，大聲地對他的子民們說：「現在，我要啟程出

發了。在我離開的這段期間，由稻草人代理我統領各位。你們必須服從他。」

此時，熱氣使得氣球愈來愈輕，要不是有繩索的束縛，氣球就要飛上天了。

「桃樂絲，快上來！氣球馬上就要飛走了！」奧茲大王喊道。

「可是，我找不到托托！」桃樂絲焦急地回答，她捨不得丟下她的寵物獨自離開，而托托正跑到人群裡，追逐一隻小貓。最後，桃樂絲好不容易抓住托托，朝熱氣球的方向飛奔過去，奧茲大王也著急地伸出手，想協助桃樂絲搭上熱氣球。

就在距離熱氣球僅僅幾步之遙時，突然間「啪」的一聲，繩索竟然斷了！熱氣球就這麼升到空中，將桃樂絲遠遠地拋在後頭。

「快回來！我也要跟你一起走！」桃樂絲無助地大喊。

「桃樂絲，我沒辦法讓熱氣球回頭啊！」奧茲大王朝她大喊：「再見了！」

「再見！」百姓們大聲地向奧茲大王道別。他們目不轉睛地目送大王離開，直到再也看不見熱氣球為止。

這是大家最後一次見到那位偉大的魔法師。就目前所知，奧茲大王已經平安降落在奧馬哈了。雖然他離開了，但是百姓們仍然對他念念不忘。他們口耳相傳地述說：「奧茲大王永遠都是我們的朋友。他在位時為我們建造了美麗的翡翠城，如今他離開了，又替我們找了聰明的稻草人來統治這個國家。」

桃樂絲見自己回到家鄉的希望破滅，忍不住放聲大哭。她的朋友們也不知道該如何是好，只能盡力安撫桃樂絲的情緒，直到她恢復平靜為止。

第八章 南方之旅

如今，稻草人成為了翡翠城的統治者。雖然他不是魔法師，但是依然深受全國百姓的愛戴。大家都說：「這個世界上，恐怕再也找不到一個由稻草人統治的國家了。」這還真是一點兒也沒錯。

奧茲大王離開後的隔天，桃樂絲和她的夥伴們聚集在御座殿裡，商討往後的計畫。稻草人坐在寶座上，其他人則恭敬地站在他的面前。

「我們算是很幸運的人。」稻草人說：「現在，這座宮殿和翡翠城都是我們的了，我們可以隨心所欲地享受。想起不久之前，我還只是個被插在玉米田裡的稻草人，如今竟然能坐在這裡統治這座美麗的城市。我覺得自己真是太幸福了。」

「我也很高興能獲得一顆心。」錫樵夫說：「因為在這個世界上，我最想要的就是一顆心臟。」

「至於我呢，只要一想到自己的勇氣絕對不輸給任何動物，我就很滿足了。」獅子謙虛地說。

「要是桃樂絲願意留在翡翠城，那麼我們就再幸福不過了。」稻草人說。

「可是，我並不想待在這裡！我想要回到堪薩斯，和艾瑪嬸嬸、亨利叔叔生活在一起。」桃樂絲大叫。

「那麼，我們該怎麼做才好呢？」錫樵夫問。

稻草人絞盡腦汁地思考，差點就把圖釘和細針刺穿腦袋了。最後，他說：「我們何不叫來飛猴，讓牠們帶著桃樂絲飛過沙漠呢？」

「對呀，我怎麼沒有想到呢！」桃樂絲興奮地說：「我去拿黃金帽！」

桃樂絲把帽子拿到御座殿後，馬上唸起了咒語。不久之後，飛猴們從窗戶飛了進來，站在桃樂絲的身邊。

「這是您第二次召喚我們。」飛猴的首領朝桃樂絲深深一鞠躬，問道：「您有何吩咐？」

「我想請你們把我帶回堪薩斯。」桃樂絲說。

沒想到，首領竟然對她搖了搖頭。

「對不起，我們辦不到。」首領說：「我們只屬於這個國家，不能到國境之外。而且從來就沒有一隻飛猴去過堪薩斯，我想以後也不會有。只要是我們能力所及的事情，我們都很樂意為您服務，但是我們無法橫越沙漠。抱歉，告辭了。」

首領向桃樂絲鞠了個躬之後，就帶領牠的子民們飛出窗戶了。桃樂絲看著飛猴們離去的背影，難過得快要哭出來了。

「我浪費了一次黃金帽子的法力，因為

那些飛猴根本就無法幫助我。」桃樂絲沮喪地說。

「真是太糟糕了！」心地善良的錫樵夫說。

稻草人再度陷入沉思，他的頭鼓鼓地脹了起來，桃樂絲真擔心稻草人的腦袋會突然爆掉。

「我先把綠鬍子士兵叫進來，看看他有沒有什麼好方法。」稻草人說。

受到傳喚的士兵戰戰兢兢地走進御座殿，以前奧茲大王在位的時候，他從來都沒有走進去過呢！

「我的朋友想要越過沙漠，你知道她該怎麼做嗎？」稻草人問士兵。

「或許葛琳達可以幫得上忙。」士兵建議。

「誰是葛琳達？」稻草人問。

「她是住在南方的好女巫，也是法術最高強的巫婆。她統治著奎德琳國，而且她的城堡就位在沙漠的邊界，所以她或許會知道該如何越過沙漠。」士兵說。

「我要怎樣才能抵達葛琳達的城堡呢？」桃樂絲問。

「城外有一條路能直通南方，但是這條路十分危險。不僅森林裡住著許多凶猛的野獸，還有一些古怪的民族不喜歡陌生人經過他們的國家，因此從來沒有一位住在奎德琳國的人民來過翡翠城。」

說完，士兵就離開了御座殿。稻草人說：「看來，能夠讓桃樂絲回家的唯一一個辦法，就是到南方尋求葛琳達的幫助了。」

「我願意和桃樂絲一起去，因為我已經厭倦都市裡的生活了。」獅子向大家說：「我想回到森林裡和其他動物一起生活。況且，桃樂絲也需要有人保護。」

「說的也是。」錫樵夫附和道：「我的斧頭也許可以派上用場，所以我也要和桃樂絲一起到南方。」

「那麼，我們什麼時候出發？」稻草人問。

「你也要去嗎？」大家驚訝地問道。

「當然囉！當初要不是桃樂絲將我從玉米田裡救出來，我也不可能得到聰明的腦袋。因此，在她回到故鄉之前，我都要一直陪伴在她的身邊。」

「謝謝大家！你們實在是對我太好了！」桃樂絲感動地說：「我希望能盡快出發。」

「那麼我們明天一早就出發。」稻草人說：「請大家好好準備，這將會是一場遙遠的旅程。」

隔天早晨，桃樂絲一行人與少女、綠鬍子士兵道別後，就朝著南方前進。臨行前，稻草人向城門的守衛承諾，等他成功幫助桃樂絲回到堪薩斯後，就會立刻回到翡翠城。

太陽高掛在天上，大家的心情都非常愉悅，他們一路上說說笑笑，興致盎然。桃樂絲的心中再度燃起回家的希望，稻草人和錫樵夫則能為桃樂絲盡一份心力，感到非常開心。至於獅子，他大口地呼吸著鄉村的新鮮空氣，興奮地搖動尾巴。托托跟在大家的身旁，一邊吠叫，一邊追逐蝴蝶和蟲子。

他們穿過翡翠城外的綠色田野和花叢。到了夜晚，他們躺在草地上，由天上閃爍的星星陪伴他們進入夢鄉。

第二天早晨，他們來到了一片濃密的森林。這片森林看過去一望無際，似乎沒有盡頭。桃樂絲和她的夥伴們害怕迷路，於是不敢改變前進的方向。眼下，他們必須想辦法找到一條最容易進入森林的小徑。

帶頭的稻草人巡視了一圈後，發現在一棵枝椏參天的大樹下面，有一個空隙可以讓他們鑽進去。於是，稻草人朝那棵大樹走過去。不過，正當他鑽到最前面的幾根枝椏下方時，這些枝椏竟然垂了下來，緊緊捆住稻草人。下一秒，稻草人就被拋到半空中，跌落在桃樂絲的身邊。

雖然稻草人毫髮無損，但是他嚇了一大跳。當桃樂絲把他扶起來時，他感到一陣頭暈目眩。

「這邊的樹下也有空隙。」獅子大叫。

「讓我試試看吧！」錫樵夫說完後，就走到大樹的面前。當大樹的枝椏又垂下來，想要捆住錫樵夫時，錫樵夫用力一揮斧頭，枝椏就斷成了兩截。大樹立刻疼得發抖，所有枝椏開始劇烈搖晃。錫樵夫逮住機會，馬上從大樹下方鑽過去。

「趕緊過來！」他朝大家喊道。

於是，所有人立刻跑了過來，順利地穿過大樹下方的空隙。不過，托托卻不幸被一根樹枝捉住，嚇得大聲哀號。幸虧錫樵夫一揮斧頭，就把樹枝砍成兩半，救下了托托。

之後，他們再也沒有碰到會捉人的樹。他們猜想，或許只有第一排的大樹才會垂下枝椏，阻攔行人。它們就如同森林的守衛，阻擋可疑人物入侵。

桃樂絲和她的夥伴們走了好久，來到一處荒涼的地方。他們艱難地在雜草堆走了一陣子後，來到了另一座森林。桃樂絲和她的朋友們從來都沒有見過如此巨大的樹木，而且可以看得出來，那些大樹已經存在好長一段時間了。

「這座森林真是太美了！我真希望可以一輩子都住在這裡！」獅子一邊環顧四周，一邊說：「你們看腳下那柔軟的枯葉，還有樹幹上濃密的青苔。對於野獸來說，真是最好不過的環境了！」

他們繼續往前走，天色逐漸暗了下來。當夜幕低垂時，桃樂絲、托托和獅子

躺下來休息，稻草人和錫樵夫則和往常一樣，守在他們的身邊。

第二天早晨，他們再次啟程。走沒多久，就聽到野獸們低沉的咆哮聲。除了托托覺得有些害怕之外，其他人都冷靜地繼續前進。不久之後，他們來到森林裡一處較為寬敞的地方，看見這裡聚集了許多種不同的動物。獅子向大家解釋，這是動物們在開會，而他從牠們的談話中，發現牠們似乎正面臨巨大的難題。

正當獅子說話的時候，有幾隻動物注意到他，突然間，熱鬧的會議就像被施了魔法一般安靜了下來。其中一隻最大的老虎走到獅子的面前，畢恭畢敬地對他說：「歡迎您，萬獸之王！您來得正好，請您來為我們維持森林裡的和平吧！」

「你們遇上了什麼困難？」獅子鎮定地問道。

「最近，森林裡來了一隻可怕的怪物，使我們受到極大的威脅。牠是隻長得像蜘蛛的怪物，體型和大象一樣大，四肢和樹幹一樣粗，而且還有八隻腳。每當牠在森林裡爬行的時候，就會用大腳抓住動物，然後送進嘴裡，就像蜘蛛吃蒼蠅似地把動物吃掉。只要這個怪物活著，我們就無法過著安穩的生活，因此我們才召開會議，討論該如何保護自己的安全。」老虎回答。

「要是我除掉怪物，你們願意尊我為森林之王，服從我的命令嗎？」獅子問。

「我們願意！」所有的動物高聲歡呼道。

「那頭怪物現在在哪裡？」獅子問。

「在那邊！就在橡樹林裡。」老虎用前爪指著說。

「請你照顧一下我的朋友，我這就去消滅牠。」獅子說。

獅子向夥伴們道別後，勇敢地走進森林深處，準備與怪物決鬥。

當獅子找到那頭大怪物時，牠正好在大樹下方呼呼大睡。怪物的樣子果真就像老虎說得那樣奇醜無比，牠的腿糾纏交錯，全身覆蓋著粗硬的黑毛。雖然怪物有一張血盆大口，但是牠的頭顱和壯碩的軀體之間，卻僅有一截細如蜂腰的脖子相連。

獅子立刻找到了大怪物致命的弱點，而且他也知道在怪物熟睡時進行攻擊，對自己比較有利。於是，獅子縱身一躍，撲到怪物的背上，然後用他的巨掌，將

怪物的脖子扭斷了。獅子從怪物的背上跳下來，目不轉睛地注視著牠的八隻腳，直到它們一動也不動為止，才放心地回到動物聚集的地方。

獅子驕傲地向動物們宣布：「從今以後，你們再也不必擔驚受怕了！」

野獸們聽了，立刻跪下來向獅子俯首稱臣。獅子也答應牠們，等他平安送桃樂絲回到故鄉之後，就會回來統治這座森林。

第九章　重返家鄉

桃樂絲和夥伴們安全地穿越森林後，看到一座布滿尖銳岩石的陡峭山崖橫亙在眼前。當他們準備攀越前方的一塊巨石時，突然傳來一聲沙啞的嗓音喝道：「站住！這座山是我們的，你們誰也不許攀越！」

「可是，我們必須爬過去，因為我們要去奎德琳國。」稻草人說。

「我說不准就是不准！」說著，那個人從岩石後面跳了出來，桃樂絲他們從來都沒有見過長相如此奇特的人。

那個人長得十分矮小，卻有一顆頭頂扁平的大腦袋，和布滿皺紋的粗短脖子。更驚人的是，他居然沒有手臂！稻草人瞧了那人一眼，認為他不會對自己構成任何威脅，於是說：「很抱歉，我無法聽從你的命令。不管你是否同意，我就是要爬過去。」然後就大膽地繼續往前走。

就在這個時候，小矮人的頭有如閃電般迅速地飛了出來，粗短的脖子瞬間變得又細又長。他用扁平的腦袋撞擊稻草人的胸口，將他撞飛到山腳下。隨後，小矮人的頭又縮了回去，速度就和飛出來時一樣快。

突然間，岩石後方傳來一陣哄堂大笑。桃樂絲抬頭一看，發現山坡上的每顆岩石後面都站著一位有著扁平腦袋的小矮人，數量相當驚人。

獅子見稻草人受人嘲弄，氣得發出一聲雷鳴般的怒吼，然後飛也似地衝上山。結果小矮人的頭又像閃電一般飛了出來，獅子立刻像被炮彈擊中似地滾落至地面。

桃樂絲跑過去將稻草人扶起來，獅子一瘸一拐地來到桃樂絲的身邊，說：「跟這群傢伙戰鬥實在是白費力氣，沒有人承受得了的。」

「那麼我們該怎麼辦才好？」桃樂絲問。

「不如叫飛猴來幫忙吧！你還可以下最後一道命令。」錫樵夫提醒道。

「對呀！」桃樂絲趕緊戴上黃金帽，唸出咒語。飛猴如同往常一樣，迅速地飛到了桃樂絲的身邊。

飛猴的首領向桃樂絲深深一鞠躬，問道：「請問您有何吩咐？」

「請你帶我們到奎德琳國去。」桃樂絲回答。

「遵命！」首領說完後，立刻指揮猴群們將桃樂絲一行人托起來，飛上天空。當牠們飛越那座岩山時，那些小矮人們氣得咬牙切齒，拚命地朝天空射出腦袋，但是因為飛猴飛得很高，所以他們一點辦法也沒有。不久之後，飛猴就將桃樂絲他們平安送到了美麗的奎德琳國。

「這是你最後一次命令我們了。」首領對桃樂絲說：「再見，祝你們好運！」

「謝謝你們，再見！」桃樂絲向飛猴們致謝。猴群朝天空飛去，不一會兒就消失得無影無蹤了。

奎德琳國看起來十分富庶且和樂，放眼望去盡是結實纍纍的農田，田間有平坦的道路，潺潺的小溪上蓋有堅固的小橋。如同威基人喜歡黃色、夢奇金人喜歡藍色一樣，這裡的柵欄、房屋和橋梁全都漆成鮮豔亮麗的紅色。奎德琳國的居民長得矮矮胖胖的，圓圓的臉蛋看起來十分和善。他們都穿著鮮紅色的衣服，與周圍的青青草地、金黃農田形成強烈的對比。

桃樂絲一行人沿著田間小徑前進，經過了好幾座別緻的小橋之後，終於看見前方出現了一座非常美麗的城堡。城堡的大門前站了三位穿著紅色軍服的少女，當桃樂絲走近她們時，其中一位少女問她：「你們來奎德琳國做什麼？」

「我們特地前來面見統治奎德琳國的好女巫，請問你能帶我去見她嗎？」桃樂絲問。

「請告訴我你們的名字，讓我去向葛琳達請示是否願意接見你們。」

於是，他們報上自己的名字後，女衛兵就走進了城堡。過了幾分鐘，她走回來告訴桃樂絲，他們現在可以進去了。

桃樂絲一行人跟著女衛兵走進一個大房間，葛琳達就坐在鑲滿紅寶石的寶座上。她看起來既年輕又美麗，一頭鮮豔的紅髮柔順地垂掛在肩上。她穿著雪白的衣裳，用她湛藍的眼睛溫柔地注視著桃樂絲。

「小姑娘，我能為你做什麼嗎？」葛琳達問。

桃樂絲一五一十地將她和夥伴們的遭遇告訴了葛琳達，然後說：「現在，我最大的願望就是回到堪薩斯，因為我不在的這段期間，艾瑪嬸嬸和亨利叔叔一定非常傷心，所以我希望能趕快回去，讓他們重新快樂起來。」

葛琳達彎下身，輕輕地吻了一下桃樂絲的臉龐。

「你真是一個善良的孩子，我一定會告訴你如何才能夠回到堪薩斯。」葛琳達說：「不過，你必須先把那頂黃金帽子送給我。」

「好啊！反正它現在對我已經毫無用處了。如果我把這頂帽子送給您，您就可以對飛猴下三道命令了。」桃樂絲一邊說，一邊將帽子交給葛琳達。

「我想不久之後，我就會召喚牠們了。」葛琳達微笑著說。

隨後，葛琳達問稻草人：「桃樂絲回去堪薩斯後，你打算做什麼呢？」

「我要回到翡翠城，因為奧茲大王要我接任國王，而且百姓們也很喜歡我。」

稻草人回答：「不過，我很擔心自己沒辦法越過那座住著扁平頭矮人的岩石山。」

「我會用黃金帽子請飛猴把你送回翡翠城。」葛琳達說：「那些百姓失去像你一位這麼優秀的國王，真是太可惜了。」

接著，葛琳達又問錫樵夫：「桃樂絲回去堪薩斯後，你打算做什麼呢？」

錫樵夫把身體倚在斧頭上，想了一會兒後，說：「威基人對我十分友善，而且在東方壞女巫死後，他們也一直希望能由我來統治威基國。因此，我最大的願望就是回去治理那個國家。」

「那麼，我對飛猴的第二道命令，就是讓牠們平安地帶你回到威基國。」葛琳達溫和地說：「你的頭看起來雖然沒有稻草人的頭大，不過卻比他的頭光亮。

只要你好好琢磨，我相信你一定能夠成為一位賢明的領導者。」

然後，好巫婆又看著毛茸茸的獅子，問道：「桃樂絲回去堪薩斯後，你打算做什麼呢？」

「靠近扁平頭矮人的岩山，有一座古老的森林，那裡的動物們都希望我回去做森林之王。要是我能回去那裡，我就心滿意足了。」獅子回答。

「好，那我的第三道命令就是請飛猴帶你回到那座森林。等飛猴們完成這三項任務後，我就會把帽子還給猴群的首領，從此牠們就可以成為自由之身了。」

稻草人、錫樵夫和獅子衷心地向葛琳達道謝，這時，桃樂絲大聲地說：「您不但美麗，心地又善良，但是您還沒告訴我該如何回到堪薩斯啊！」

「其實，你腳上的那雙銀鞋子就可以帶你越過沙漠了。」葛琳達說：「如果你知道銀鞋子的法力，就能夠在來到這裡的第一天，回去艾瑪嬸嬸的身邊了。」

「可是，那樣我就得不到聰明的腦袋了！」稻草人大叫：「我可能會從此在玉米田裡度過一生。」

「我也就得不到善良的心了！」錫樵夫說：「我可能會從此被困在樹林裡，直到世界末日來臨。」

「而我也將會永遠都是一隻懦弱的獅子！」獅子說：「森林裡的動物們會一輩子都瞧不起我。」

「我也很高興能夠幫助你們！不過，既然你們都已經實現了心願，也找到了各自的歸屬，我想，我也應該回去堪薩斯了。」桃樂絲說。

「這雙銀鞋子具有神奇的法力。」葛琳達說：「其中最不可思議的就是它只需要走三步路，就能在轉眼間帶你到任何你想去的地方。你只要用兩腳的鞋跟互敲三下，然後告訴鞋子你想到達的目的地就行了。」

「如果真是這樣，我要立刻讓它帶我回堪薩斯！」桃樂絲高興地說。

桃樂絲用雙手抱住獅子的脖子，輕輕地吻了他一下；接著，她也親了一下已經哭成淚人兒的錫樵夫；不過，她並沒有親吻稻草人那用油漆畫出來的臉，而是緊緊地抱住他柔軟的身軀。即將與好友分離，讓桃樂絲傷心地哭了起來。

葛琳達走下寶座，與桃樂絲吻別，桃樂絲也衷心地感謝她為自己和夥伴們解決了困難。

桃樂絲抱起托托，最後一次向大家道別之後，就將銀鞋子的鞋跟互敲三下，然後說：「請帶我回到艾瑪嬸嬸的身邊！」

剎那間，桃樂絲的身體被一陣狂風捲了起來，速度快得讓她什麼也看不見，只聽到風聲從耳邊呼嘯而過。銀鞋子只不過才走了三步，桃樂絲就突然停了下來，在草地上打了好幾個滾，分不清自己身在何處。

過了一會兒，桃樂絲坐起身，環顧四周。

「天啊！」她驚訝地大叫。

桃樂絲發現自己正坐在遼闊的堪薩斯草原上，她的眼前是亨利叔叔在龍捲風肆虐後新建的房子，而叔叔正在倉庫前的院子擠牛奶。托托開心地汪汪大叫，然後從桃樂絲的懷裡掙脫，朝倉庫飛奔而去。

桃樂絲站起身來，發現自己的腳上只剩下襪子。原來，當她在空中飛行時，她的銀鞋子不小心鬆脫，掉到沙漠裡了。

就在這個時候，艾瑪嬸嬸正巧從屋內走出來，準備去菜園澆水。她一抬頭，就看見桃樂絲正朝自己跑過來。

「噢，我親愛的小寶貝！」艾瑪嬸嬸的眼淚幾乎就要奪眶而出，她緊緊地抱著桃樂絲，不停地親吻她的臉頰。

「你到底跑到哪裡去了？」艾瑪嬸嬸激動地問。

「我去了一趟奧茲國！」桃樂絲一臉認真地說：「而且托托也和我一起去了。噢，艾瑪嬸嬸，我真高興我終於回到家了！」

騎鵝旅行記

小鹿斑比

好兵帥克

森林報

史記故事

柳林風聲

叢林奇譚

彼得·潘

一千零一夜

杜立德醫生歷險記

魯賓遜漂流記

福爾摩斯

海倫·凱勒

岳飛

三國演義

《影響孩子一生名著系列》

結合各國精彩故事、想像力不滅小說、
激勵人心啟示之兒童文學經典

~ 值得細細品味，永久收藏 ~

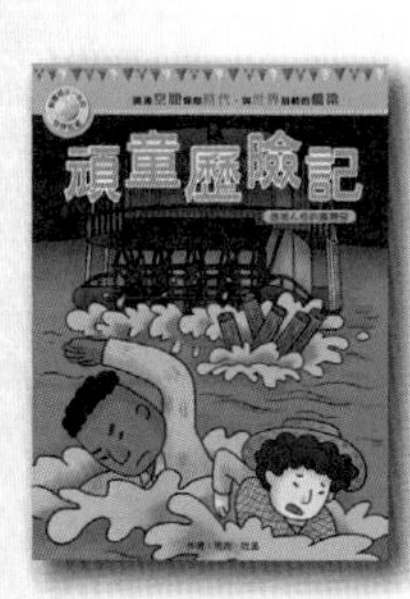

大師名著系列 002

綠野仙蹤

奧茲王國驚奇尋夢之旅

ISBN 978-986-97975-1-1 / 書 號：RGC002

作　　者：李曼・法蘭克・包姆 L. Frank Baum
主　　編：陳玉娥
責　　編：張雅惠 、顏嘉成
插　　畫：卡鹿哩 Callorie
美術設計：巫武茂

出版發行：目川文化數位股份有限公司
總 經 理：陳世芳
發行業務：劉曉珍
法律顧問：元大法律事務所 黃俊雄律師
地　　址：桃園市中壢區文發路 365 號 13 樓
電　　話：(03) 287-1448
傳　　真：(03) 287-0486
電子信箱：service@kidsworld123.com
劃撥帳號：50066538

綠野仙蹤 / 李曼．法蘭克．包姆 (Lyman Frank Baum)
作．-- 初版．-- 桃園市 ：目川文化，
民 108.10
　面；　公分．--（大師名著）
譯自 ：The wonderful wizard of oz
ISBN 978-986-97975-1-1（平裝）

874.59　　108016194

網路書店：*www.kidsbook.kidsworld123.com*
網路商店：*www.kidsworld123.com*
粉 絲 頁：FB「悅讀森林的故事花園」

印刷製版：長榮彩色印刷有限公司
總 經 銷：聯合發行股份有限公司
地址：新北市新店區寶橋路 235 巷 6 弄 6 號 4 樓
電話：(02) 2917-8022

出版日期：2019 年 10 月（初版）
定　　價：280 元

建議閱讀方式

型式	圖圖圖	圖圖文	圖文文		文文文
圖文比例	無字書	圖畫書	圖文等量	以文為主、少量圖畫為輔	純文字
學習重點	培養興趣	態度與習慣養成	建立閱讀能力	從閱讀中學習新知	從閱讀中學習新知
閱讀方式	親子共讀	親子共讀 引導閱讀	親子共讀 引導閱讀 學習自己讀	學習自己讀 獨立閱讀	獨立閱讀